एक अचम्भा प्रेम

[कहानी संग्रह]

एक अचम्भा प्रेम

कुसुम खेमानी

राजकमल प्रकाशन
नयी दिल्ली पटना इलाहाबाद कोलकाता

ISBN : 978-81-267-2776-6

मूल्य : ₹ 250

पहला संस्करण : 2015

प्रकाशक : राजकमल प्रकाशन प्रा. लि.
1-बी, नेताजी सुभाष मार्ग, दरियागंज
नई दिल्ली-110 002

शाखाएँ : अशोक राजपथ, साइंस कॉलेज के सामने, पटना-800 006
पहली मंजिल, दरबारी बिल्डिंग, महात्मा गांधी मार्ग, इलाहाबाद-211 001
36 ए, शेक्सपियर सरणी, कोलकाता-700 017

वेबसाइट : www.rajkamalprakashan.com
ई-मेल : info@rajkamalprakashan.com

मुद्रक : बी.के. ऑफसेट
नवीन शाहदरा, दिल्ली-110 032

EK ACHAMBHA PREM
Stories by Kusum Khemani

आदरणीया कृष्णा सोबती को
सप्रेम

अनुक्रम

एक अचम्भा प्रेम

उन दिनों मेरे कॉलेज में पढ़ती अधिकतर लड़कियों को हर वक़्त एक ही चिन्ता रहती थी कि नुक्कड़ पर खुले शहर के एकमात्र एयर-कंडीशंड बाज़ार में शिवशंकर की दुकान पर जाने का कौन-सा बहाना ढूँढ़ा जाए। कोई कहती, मुझे अपना स्कॉर्फ़ बदलवाना है, कोई फ़रमाती, मुझे शिव भाई से पूछना है कि अपनी सलवार-कमीज़ का कपड़ा कहाँ से ख़रीदूँ, तो किसी को माँ के लिए कुछ लाना रहता! ऐसा लगता मानो सबकी बीमारियों का एकमात्र इलाज शिवरूपी अनार ही हो। हम बहुत ही कंजूसी से अपने छोटे-छोटे कामों को कई टुकड़ों में बाँट लेते ताकि बार-बार उसकी दुकान पर जाने का बहाना मिल सके।

आख़िर शिव नाम के इस जवान में ऐसा क्या था जो हम सब उसकी दीवानी थीं? जब हमारी दूसरी दोस्तनियाँ हमसे पूछतीं—क्या वह बहुत ख़ूबसूरत है, तब हम न तो ना कह पाते और न नहीं। हमारे इस अटकाव के बावजूद वे हमारे गले 'लटूम' कर उससे मिलने जा पहुँचतीं और पहले ही क्षण से हम बगुलों की पाँत का एक हिस्सा बन जातीं। आज उम्र के कई पड़ाव पार कर जब शिव के बारे में यही प्रश्न स्वयं से पूछती हूँ, तो कई दशकों से उलझा यह रेशम का गुच्छा रेशा-रेशा होकर सुलझने लगता है।

गेहुँए वर्ण का शिव! न तो किसी मॉडल की तरह छह फ़ीट लम्बा, और कसी हुई मांसपेशियों वाला 'डेविड' सरीखा नायक था और न ही उसे दिल लुभानेवाली, लटके-झटके खाती लम्बी-चौड़ी बातें बनाना आता था। वह महज़ पाँच फ़ीट नौ इंच लम्बा और साधारण-सी देहयष्टि का मालिक था, उसमें चीते-सा फुर्तीलापन भरा हुआ था। वह हमारी दो पैसे

की फ़रमाइश को भी, सीढ़ी चढ़कर, पलक झपकते, यूँ पूरी करता मानो हमने हज़ारों का सामान ख़रीदा हो। हम सब विस्मय-विमुग्ध आँखों से उसे देखते हुए सोचती रहतीं कि हमें तो गर्दन को जुम्बिश देने में शायद इससे ज़्यादा वक़्त लगता है।

शिव के प्रति हमारी बेइन्तहा चाहत का कारण उसकी आन्तरिक सुन्दरता थी। उसके चेहरे पर इतनी अधिक मिठास थी कि हम अक़्सर आपस में यह कहते : शिव की ठोड़ी के नीचे यदि हथेली की अँजुरी बना दी जाए, तो शिव की मिठास और शराफ़त से वह लबालब भर जाएगी। उसकी आवाज़ की मृदुलता, उसके शब्दों की विनम्रता, व्यर्थ उलाहनों को सहर्ष स्वीकार करने की क्षमता, हमारी शरारतों को नज़रअन्दाज़ करने की सहनशीलता आदि गुण उसके सुकुमार-शान्त चेहरे पर एक अदम्य आकर्षण रच देते थे। हो सकता है कि शिव के कुँआरे होने के कारण भीतर ही भीतर कई-एक लड़कियाँ उससे ब्याह रचाने को भी आतुर रही हों! पर एक बात निश्चित थी कि वह हम सबका 'पितु-मातु-सहायक-स्वामि-सखा' सब कुछ था।

दरअस्ल इस स्थिति का एक कारण हमारी तात्कालिक परिस्थितियाँ भी हो सकती हैं। उस ज़माने में हम लड़कियों की दुनिया में, जो युवा हुआ करते थे, वे मात्र हमारे अपने भाई ही होते थे जिनका काम केवल हम पर रोब गाँठना होता था। वे हमसे इस तरह पेश आते मानो हम महामूर्ख बच्चियाँ हैं, जिन्हें डाँट-फटकार से ही सँवारा जा सकता है। यहाँ तक कि हमें उनके दोस्तों तक से बात करने की इजाज़त नहीं थी और आश्चर्यजनक ढंग से हमारी माँएँ भी अक्सर उन्हीं का पक्ष लेती थीं। ज़ुल्मों के इस घटाटोप में शिव का अपनापन हमारे धधकते हृदयों पर, शीतल मरहम का काम करता था। हमारी बचकाना बातों को भी पूरी अहमियत देकर सुनना, संवेदनशीलता और समझदारी से हमारे सारे मसले सुलझाना, हमें कभी भी ग़लत नहीं ठहराना आदि तरीक़ों ने कुल मिलाकर हमारे दिलों में शिव का एक ऐसा ख़ूबसूरत मुजस्समा गढ़ दिया था कि सिवाय उस पर 'मर-मर' जाने के हमारे पास कोई उपाय नहीं था।

तभी अचानक एक दिन हमारे दल की रश्मि ने हमें घबराए हुए स्वर में सूचना दी, ''जानती हो, शिव की सगाई सविता के साथ पक्की हो गई है?''

एक लम्बी 'हैंऽऽ' के साथ ही हम लोगों ने बेसब्री से पूछा, ''कौन-सी सविता?''

''वही, जिसे दो साल पहले इस कॉलेज से ट्रांसफ़र सर्टिफिकेट दिया गया था।''

''क्या? उस कर्कशा, झगड़ालू सविता के साथ शिव का विवाह? यह असम्भव है, एकदम असम्भव! रश्मि, तुम्हें ज़रूर कोई ग़लतफ़हमी हुई है। चलो, अभी शिव के पास चलकर पूरी बात का पता लगाते हैं।''

जब सारे जहान की मुस्कान से अपने चेहरे को सुशोभित किए, शिव ने हमारे सामने मिठाई का डिब्बा बढ़ाया, तो मेरा मन किया कि उसे खींचकर एक थप्पड़ मारूँ और उससे पूछूँ, 'क्या तुम्हारे 'हिये' की फूटी हुई है, जो तुम उस चंडिका से विवाह कर रहे हो? क्या तुम्हें इतनी बड़ी दुनिया में कोई और लड़की नहीं मिली थी? शिव, हमें पता है कि इस विवाह की वजह पैसा नहीं है, तो फिर तुम क्यों जीते जी, सात फेरों की आग में कूदकर 'सती' होना चाहते हो? क्या तुम्हारी बुद्धि एकदम ही भ्रष्ट हो गई है 'शिव'?'

शिव के प्रति अपने लगाव को मैं भाषा में नहीं बाँध सकती। वह एक विचित्र प्रकार का प्रेम था, उसमें उसकी माँ के विशाल डैने थे, जिनमें उसके सारे दुखों को छिपाया जा सकता था। उसमें बहन का मज़बूत हाथ था, जो उसे किसी भी गर्त में गिरने से बचाना चाहता था और उसमें एक दोस्त का सहज स्पर्श था, जो उसे आत्मीय ऊष्मा से भर कर, दुनिया के प्रत्येक आघात से बचाने को हर क्षण तत्पर था। इसलिए मैंने तत्क्षण कहा, ''शिव, इधर आओ।''

शिव को लगभग खींचती हुई-सी मैं उसे बाज़ार के बाहर ले आई और बेबाक़ी से अपने क्षोभ का इज़हार करते हुए बोली, ''शिव! मैं जानती हूँ कि सविता की हक़ीक़त तुमसे भी छिपी नहीं है, फिर तुम यह आत्महत्या क्यों

कर रहे हो? किसी समय, सविता के नज़दीक होने के कारण मैं तुमसे दरख़्वास्त करती हूँ कि प्लीज़, तुम यह सगाई तोड़ दो।''

उद्विग्नता से उपजी मेरी व्याकुलता को देखकर शिव ने हँसते हुए मुझे प्यार से अपने पास बैठाया और एकदम शान्त और निर्मल स्वर में बोला, ''सुशीला बाई! मैं आपकी बहुत इज़्ज़त करता हूँ, क्योंकि आपके मन में सबके प्रति प्रेम और दया है। इसलिए मैं भी आपको एकदम सच्चे मन से कह रहा हूँ कि मुझे यह सगाई तोड़ने का पाप नहीं करना चाहिए। मैं सविता की पूरी कहानी से परिचित ही नहीं, सारी घटनाओं का चश्मदीद गवाह भी हूँ। शायद आपको पता नहीं है कि हमारा घर उनके घर से इतना सटा हुआ है कि दोनों घरों की साँसें भी आसानी से सुनी जा सकती हैं। दीदी! सविता का बचपन अत्यन्त दर्दनाक घटनाओं से आक्रान्त रहा है। संयुक्त परिवार होने के कारण बचपन से ही उसके चचेरे भाइयों, चाचाओं आदि ने उसका दैहिक और उसके माँ-बाप ने उसका मानसिक शोषण किया है, फलस्वरूप उसके रोम-रोम में सारी दुनिया के प्रति नफ़रत भर गई है। लोग जिसे उसका दुर्व्यवहार मानते हैं, दरअसल वह उसके दुखते ज़ख़्मों से रिसता दर्द है और उसकी कटु अभिव्यक्तियाँ? वे उसका ऐसा रक्षा-दुर्ग हैं, जिसकी आड़ उसे जवाब न देने की सुरक्षा प्रदान करती है। दीदी! यदि मैं यह सगाई तोड़ दूँ, तो क्या कोई भलमानस उसका हाथ थामेगा?''

कच्ची उम्र होने के कारण उसके इन भावोद्गारों से बौखलाकर मैंने अपने दोनों हाथ कुहनियों तक जोड़कर उससे कहा, ''हे महात्मा! आपके पास तो बहुत पैसे हैं, तो आप क्यों नहीं कोई अच्छा-सा वर ढूँढ़कर उससे सविता की शादी करवा देते? हे भगवान शिव! आपसे पुनः प्रार्थना है कि आप जान-बूझकर इस आग में मत कूदिए।''

मेरे दोनों हाथों को अपनी नरम हथेलियों के बीच बाँधकर शिव ने उसी रौ में कहा, ''दीदी! मैं जानता हूँ कि मेरे प्रति आपके स्नेह का ओर-छोर नहीं है, पर आप बिलकुल चिन्ता मत कीजिए। देखिएगा! यही सविता एक दिन कोहेनूर हीरे-सी चमक उठेगी। दीदी! प्रेम में बहुत

ताक़त होती है। यदि प्रेम का झरना कठोर शिलाओं को तराशकर मनोनुकूल रास्ता बना लेता है, तो सविता तो महज़ एक मनुष्य है।''

मैं अवाक्, अपलक, अनिमेष उस आदमी को देखे जा रही थी कि अपने सुकोमल स्नेह से मेरी हथेली को छूते हुए, वह धीमे से बोला, ''दीदी! दुकान चलें? वहाँ सब इन्तज़ार कर रहे होंगे।''

ख़ैर साहब! अन्त में शिव ने सविता के यहाँ ही तोरण मारा। विवाह में जाने की अनिच्छा होते हुए भी, हम मात्र शिव को दूल्हा सजा देखने वहाँ गए और शिव को उस वेश में देखकर हम सबको बहुत अच्छा भी लगा।

शिव की पनीली आँखें और खिलखिल करता चेहरा उसके दूल्हे-रूप को एक चुम्बकीय आकर्षण प्रदान कर रहे थे। तभी सविता दुल्हन के सारे साज-बाज से सजी-धजी वहाँ आई। 'किसी के दैहिक सौन्दर्य की भर्त्सना ग़लत है' को मानते हुए भी, हम सब यह सोचने को बाध्य थे कि आख़िर सविता सुन्दर क्यों नहीं लग रही है? हमारे अब तक के अनुभव में कुरूप से कुरूप लड़की भी दुल्हन वेश में शरमाती हुई अप्सरा लगती है। फिर क्यों सविता इस तथ्य का विपर्यय लग रही है?

ध्यान से देखने पर हम इस नतीजे पर पहुँचे कि इसके लिए उसके हाव-भाव ज़िम्मेदार थे। उसके अंग-प्रत्यंग में गहरी हिकारत और वितृष्णा भरी हुई थी, और वह अपने पैरों को यों घसीट रही थी मानो किसी बलि के बकरे को ज़िबह के लिए वध-स्थल पर ले जाया जा रहा हो।

हम सब हैरान कि छप्पर फाड़कर बरसे हुए इस सौभाग्य को यह देवी ठोकर क्यों मार रही है? न 'रूप की न गुण की' फिर इसे इतना गुमान किस बात का है? ऐसा अहंकार तो पुंगलगढ़ की पद्मिनी को भी न होगा जैसा इसे है। आख़िर इसका कारण क्या है? पर हमारा यह प्रश्न अनुत्तरित ही रहा।

समय की नदी की रवानी में कॉलेज की फ़ुर्सतें और बचपना सब बह गए और क्रमशः यादें भी धुँधली पड़ गईं, लेकिन एक ही शहर में रहने और रिश्तेदारी होने के कारण शिव के हालचाल अक़्सर ही मुझ तक आते रहते।

शिव ने अपनी पहली लड़की अपूर्वा के जन्म पर हमारे पूरे ग्रुप को बहुत ही आग्रह से एक बड़ी पार्टी में निमंत्रित किया था और हमारे अनुपस्थित रहने पर हमें घर बैठे ढेरों मिठाइयाँ भी भेजी थीं। मेरी ननद शीला शिव की सलहज थी, उससे पता चला कि सविता, अपूर्वा का काम करना तो दूर, उसे हाथ तक नहीं लगाती। उसे लड़कियों से बेहद चिढ़ है और अपूर्वा के जन्म के लिए वह शत-प्रतिशत शिव को ही दोषी मानती है, क्योंकि वह अपने गर्भ का लिंग जँचवाना चाहती थी और शिव इसे ग़लत मानता था, इसलिए यह सम्भव नहीं हुआ। उसके हिसाब से शिव ने उसे धोखे में रखा और उसे ज़बर्दस्ती एक 'लड़की' की माँ बना दिया।

जब मैंने शिव से इस बाबत कुछ कहना चाहा, तो उसने मुझे यह कहकर चुपकर दिया कि दीदी! आप तो पढ़ी-लिखी, संवेदनशील और महीन बातों को समझनेवाली महिला हैं और आपसे परिचित सविता के इस विषय में कुछ पूर्वग्रह भी हैं। दूसरों की बात छोड़िए, लेकिन क्या आप भी उसका दर्द नहीं समझ सकतीं? मन किया कि उस बेवकूफ़ प्रेमी को ज़ोरों से झिंझोड़कर कहूँ कि ज़्यादा दर्शन और मनोविज्ञान मत बघारो और धरती पर आकर ज़मीनी हक़ीक़त का सामना करो। पर उसका चेहरा तो प्रेम के नूर से दमकता हुआ छलका जा रहा था और मैं उसके स्रोत को खोजने एवं उस उद्दाम प्रपात के प्रवाह को थामने में पूर्णतः असमर्थ थी।

लगभग दो वर्ष बाद शीला ने ख़बर दी कि सविता फिर गर्भवती है, और उसे पक्का विश्वास है कि गुरु जी के आशीर्वाद से उसके लड़का ही होगा। इत्तफ़ाक़ से उसी दिन रास्ते में शिव से मुलाक़ात हो गई। मैंने अपनी बेटी अनन्या से कहा, "बेटा! इन्हें प्रणाम करो, ये मेरे दोस्त शिव हैं।" अनन्या उसके पैर छूती, इसके पहले ही शिव ने उसे लपककर गोद में उठाया और एक माँ की तरह चिपका लिया। नख़राली अनन्या भी उससे यों चिपक गई मानो वर्षों से उसे जानती हो। शायद बच्चों में एक सहज अन्तःप्रज्ञा होती है, जिससे वे सच्चे प्रेम को तुरन्त समझ जाते हैं। अनन्या को आइसक्रीम खिलाते हुए शिव ने कहा, "दीदी! मैं अपनी दूसरी बेटी का नाम अनन्या ही रखूँगा।"

मेरे मुँह से अनजाने ही 'क्याऽऽ ?' की एक छोटी-सी चीख़ निकल गई और मैंने घबराकर कहा, "शिव! क्या तुम कभी नहीं सुधरोगे? हे देवता! दया करके तुम दूसरी लड़की के गीत तो मत ही गाओ।"

लेकिन सब बेकार। शिव अपनी उसी उन्मुक्त हँसी से आगे बढ़कर सारा आसपास गुँजाते हुए कहता रहा, "दीदी! पक्का रहा। मैं 'अनन्या' नाम ही रखूँगा! रख लूँ नाऽऽऽ!"

मैं यह बड़बड़ करती हुई कि इस शिव की तो मति ही मारी गई है, जब अपने घर पहुँची, तो बेटे आर्यन ने ख़बर दी कि शीला बुआ का फ़ोन आया था कि सविता बाई के लड़की हुई है। इतनी जल्दी, कैसे? और मैंने हकबकाकर तुरन्त शीला को फ़ोन किया। उसने विस्तार से बताया कि इस बार समय से कुछ पहले ही सविता के लड़की हो गई है। बच्ची पूरी-पाठी और स्वस्थ है। उसमें समय से पूर्व पैदा होने का कोई भी लक्षण नहीं है। सविता को प्रसव में भी ख़ास कष्ट नहीं हुआ और अब 'जच्चा-बच्चा' दोनों पूर्ण स्वस्थ हैं।

जब मैंने द्विअर्थी ध्वनि में सविता के हाल पूछे, तो उसने बताया कि वह तो एकदम 'भाठा' (पत्थर) हो रही है और 'थोबड़ा' फुलाए, आँखें सुजाकर पड़ी हुई है। शिव बाबू ख़बर मिलते ही आ गए थे और अब वे ही बच्ची और सविता की सार-सम्हालकर रहे हैं। "शिव कैसे करेगा यह सब?" पूछने पर शीला का उत्तर था, "भाभी! आप जीजा जी को जानती नहीं हैं? वैसे भी, आज तक वे ही अपूर्वा को पूरी तरह सम्हालते आए हैं, सविता बाई तो कभी भूले से भी उसे हाथ नहीं लगाती। शिव बाबू ने चौबीस घंटे की एक बढ़िया नर्स भी रख ली और उसकी मदद से वे अपूर्वा को बहुत ही अच्छी तरह पाल रहे हैं।

या ख़ुदा! यह शिव हाड़-मांस से बना हम सरीखा साधारण-सा आदमी है या कोई देवता-गन्धर्व? पढ़ते-लिखते तो हम सब हैं कि 'दाता होना चाहिए, लेता नहीं', पर क्या हम कभी भी कुछ 'पा' लेने का अवसर छोड़ते हैं? वैसे इन सब घटनाओं के कारण, मेरी यह धारणा और भी पक्की हो गई थी कि यह शिव सनकी ही नहीं, नीम-पागल है...जो दर्शनशास्त्र को

इस ज़मीन की सच्चाई साबित करने पर तुला हुआ है या यह अकिंचन माटी-पुत्र स्वयं को दधीचि और शिवि का अंश समझ बैठा है?

ख़ैर...शिव ने दूने जोर-शोर से अनन्या के जन्म की मिठाइयाँ बाँटीं और दिन के चौबीस घंटों में अड़तालीस जितना काम करता हुए पूरे जोशो-ख़रोश से बेटियों को पालने में लग गया।

सही वक़्त पर सही खाद और पानी मिलने के कारण अपूर्वा और अनन्या, स्वस्थ फूलों-सी खिलखिलाती हुई, सबका मन मोहने लगीं। उनके गुणों की आभा ने उनमें एक ऐसे अलौकिक लावण्य की सृष्टि कर दी कि वे शकुन्तला और द्रौपदी-सी सुन्दर दिखने लगीं। वे दोनों न केवल कक्षा में सदा फर्स्ट आती थीं, बल्कि उनके प्रतिशत भी सौ में सौ के आसपास ही रहते थे।

शीला कहती, "भाभी! यह सब शिव बाबू के पुण्यों का प्रताप है, वरना मेरी ननद? उसका वश चले, तो वह इन दोनों का गला ही घोंट दे।"

ज़िन्दगी की ज़द्दोजहद में लगे हम सब! भला कब किसी शिव और सविता की कहानी को याद रख पाते हैं? लेकिन जीवन की रहस्यमयता का भी ओर-छोर नहीं है!

एक दिन कॉलेज के ज़माने के उसी पुराने वातानुकूलित बाज़ार में जाने का काम पड़ा। घुसते ही देखा कि पहले जो शिव की बड़ी दुकान हुआ करती थी, वहाँ कई एक छोटी-छोटी दुकानें खुली हुई हैं और शिव नामक जीव का वहाँ कोई अता-पता नहीं है।

किशोरावस्था के प्रेम का रंग इतना कच्चा तो होता नहीं कि हाथ धोओ और छूट जाए; इसलिए जब मैंने उत्कंठित स्वर से वहाँ के लोगों से उसका वर्तमान ठिकाना पूछा, तो उन लोगों ने मरे-से स्वर में उत्तर दिया, "क्या आप नहीं जानतीं कि शिव मामा ने कई वर्षों पहले ही इस दुकान को सलटाकर, वह धुर कोनेवाली छोटी-सी दुकान ले ली है?"

मेरे मुँह से अनायास ही निकला, "मामा! क्या आप उनके भानजे हैं?"

इस पर उन महोदय ने हँसते हुए कहा, "बहनजी! शिव मामा मेरे ही नहीं, इस पूरे बाज़ार के मामा हैं। इन बाईस वर्षों में उन्होंने हम सबको

बहुत ही अपनापन और ममता दी है। उन्होंने संकट के समय कितनों की क्या मदद की, चाहकर भी इसका लेखा-जोखा नहीं रखा जा सकता। सच कहें, तो वे जगत्-मामा हैं और हमारे सगे मामाओं से भी बढ़कर हैं।''

अन्त में जब मैं शिव के सामने पहुँची, तो उसने उसी सदियों पुरानी मुस्कराहट से मेरा स्वागत करते हुए निःस्संकोच कहा, ''अरे दीदी आप! आइए-आइए, क्या मँगवाऊँ आपके लिए?''

उसे घूरते हुए मैंने उलाहने भरे स्वर में कहा, ''शिव! तुमने कभी मिठाई का साझा करने में तो कोई कोताही नहीं बरती; फिर अपनी मुसीबतों का साझा क्यों नहीं किया? अकेले ही सब झेलते रहे।''

''दीदी! किसने कहा कि मैं तकलीफ़ में हूँ? मैं तो बहुत ही आनन्द से हूँ। दोनों बेटियाँ विदेशों के बड़े-बड़े विश्वविद्यालयों में नाम कमा रही हैं और एक को 'नासा' से और दूसरी को 'गूगल' से काम करने का निमंत्रण भी मिल चुका है। मैंने उन दोनों के नाम से अच्छे-ख़ासे पैसों के ट्रस्ट बना दिए हैं, ताकि वे मनचाहा घर-वर या जैसा भी जीवन चाहें चुन सकें। घर का मकान और यह दुकान मेरे और सविता के ख़र्च के लिए पर्याप्त हैं। दीदी! आपको छूकर कहता हूँ, मैं एकदम सुखी हूँ। ख़ुश हूँ कि मैंने जानबूझकर कभी किसी का अहित नहीं किया।''

''और सविता? वह कैसी है? कुछ सुधरी?''

''दीदी! आप बेकार में ही उससे नाराज़ हैं। आपको तो उससे हमदर्दी और प्यार होना चाहिए। आप तो यह सच्चाई भी जानती हैं कि सविता ही मेरा पहला और अन्तिम प्यार है और उसके ख़िलाफ़ मुझे एक शब्द भी नहीं सुहाता। सच मानिए, जब कभी मैं उसे क्रोध करते देखता हूँ, तो ख़ुद को टटोलता हूँ कि मुझसे कहाँ ग़लती हो गई। दीदी! बीमार आदमी की बात का क्या बुरा मानना! आप भी उसे थोड़ा-सा चाहकर देखिए, तब आप भी समझ जाएँगी कि आप उसके बारे में कितनी ग़लत थीं।''

शिव के कहे सारे शब्द भावों के साथ घुमड़कर मेरे सिर में एक झंझावात की सृष्टि कर रहे थे। रेतीली आँधी में मुझे कुछ भी सूझ नहीं

रहा था, इसलिए ऊपर से झूठी हँसी हँसते हुए 'फिर मिलेंगे' कहती हुई मैं तेजी से लौट आई और उसी वक़्त मैंने शिव-स्मृति के पन्नों को अपनी डायरी से फाड़ दिया।

तभी एक दिन शीला ने ख़बर दी कि शिव ने अपना विशालकाय मकान बेच दिया है और किसी बस्तीनुमा मुहल्ले में जा बसा है। आगे उसने यह भी बताया कि वैसे कुँवर जी कुछ बताते तो नहीं हैं, पर लगता है कि शायद सविता बाई के कैंसर है, जिस पर अनाप-शनाप ख़र्च हो रहा है। जब मेरे ससुर जी ने अपनी बेटी के लिए कुछ मदद करना चाहा, तो उन्होंने बहुत ही मीठेपन से कह दिया, "ज़रूरत होने पर मैं आपसे अवश्य ही आर्थिक मदद ले लूँगा।" पर साल भर होने को आया, उन्होंने आज तक उनसे एक रुपए की भी मदद नहीं ली और आग्रह करने पर उनका वही मिठास भरा नकारात्मक उत्तर हाज़िर रहता है।

बाद में यह भी पता चला कि शिव इस भ्रम में चौबीसों घंटे सविता के सिरहाने बैठा रहता है कि होश आने पर यदि उसे अपने पास, घर का कोई आदमी नहीं दिखा, तो वह बेचारी तो जीते जी ही मर जाएगी।

शीला की बातें सुनकर मैं सोच रही थी—हाय रे भाग्य! जिस कर्कशा ने उस अभागे शिव को एक बार भी प्यार से नहीं पुकारा, आज वही जीवात्मा महामृत्युंजय का पाठ जपता हुआ सतत उसकी सेवा में जुटा हुआ है! क्या सच ही प्रेम अन्धा होता है? क्या सच ही उसमें प्रत्याशा नहीं होती? क्या प्रेम का अर्थ केवल दूसरे को चाहना मात्र होता है?...

मैंने आजन्म प्रेम की सत्यता को स्वीकार करना तो दूर, सदा से उसके ख़िलाफ़ अनेक तर्कों की सृष्टि की है। प्रेम शब्द मुझे कभी भी हक़ीक़ी नहीं लगा। मेरे तईं उसका अस्तित्व सदा ही मज़ाजी और मात्र एक मिथ रहा है। मेरी परिभाषा के हिसाब से इस दुनिया में हम जिन सम्बन्धों को प्रेम कहते हैं, वे या तो समझौते होते हैं, या एक ऐसी व्यवस्था, जिसमें 'ले' और 'दे' के बटखरे बाहर से तो अमूर्त लगते हैं, लेकिन भीतर ही भीतर सारा हिसाब-किताब चलता रहता है। जब

अनेकानेक सन्तों ने भी चुप्पी साधकर इसे 'गूँगे का गुड़' मान लिया है, तो यह 'मिट्टी का पुतला' मुझे प्रेम के नए अर्थ समझाने पर क्यों अड़ा हुआ है?

'सविता नहीं रही...' का फ़ोन आते ही, हम सब भागकर शिव के घर पहुँचे। सविता की अर्थी का सोलह शृंगार करवाकर शिव उसके पास ऐसे बैठा था, जैसे वह पत्थर की कोई मूर्ति हो, प्राणहीन और अचल। जिस शिव के चेहरे का अर्थ ही था मुस्कराना! आज वही जड़वत्, पूर्णतः निश्चल और निस्पन्द था। उसे देखकर ऐसा लग रहा था, जैसे कोई प्राणरहित मनुष्याकृति वहाँ स्थापित कर दी गई हो। उसकी यह अवस्था देखकर हम सब किसी भावी अनहोनी की आशंका से सहमे हुए-से बैठे थे कि विमला ने धीरे से पूछा, "अनन्या और अपूर्वा कहाँ है?"

शीला का जवाब था, "जीजा जी ने उन्हें ख़बर नहीं दी और हमें भी ताक़ीद कर दी है कि बच्चियों को कोई ख़बर न दी जाए, नहीं तो वे अपना काम-धाम छोड़कर तुरन्त यहाँ भागी आएँगी।"

अत्यन्त हैरानी भरे मन से उस मनुष्य रूपी देवता को प्रणाम कर हम घर लौटे ही थे कि फ़ोन बजा, "भाभी! जल्दी आइए, शिव बाबू नहीं रहे।"

"नहीं रहे?...माने?...शीला, तुम्हें होश भी है कि तुम क्या कह रही हो?"

"भाभी! ठीक कह रही हूँ। आप और भैया दोनों तुरन्त आ जाइए।"

चाय की प्याली को पटक मैं और ये जब वहाँ पहुँचे, तो स्तब्ध रह गए। शिव और सविता अगल-बग़ल दो अर्थियों पर सज्जित थे और आत्मीय-स्वजन फूट-फूटकर रो रहे थे।

आज हम दोनों एक ऐसे अचम्भे के साक्षी बने वहाँ खड़े थे, जिसका वर्णन यदि हम गंगाजली उठाकर भी करें, तो कोई विश्वास नहीं करेगा। वहाँ तरह-तरह के क़यास लगाए जा रहे थे। कोई कह रहा था कि बिना किसी क़र्ज़ और सहायता के इतने बड़े ख़र्च के दबाव से इनके हार्ट पर असर आ गया होगा। कोई इसमें आत्महत्या के सुराग़ ढूँढ़ रहा था तो कोई 'टू मच अटैचमेंट' (सीमातीत प्रेम) शब्द का प्रयोग कर अपनी विद्वत्ता प्रदर्शित कर रहा था। अनुमान कई थे, पर सबूत किसी बात का नहीं था।

तभी मुझे कोने में कलकत्ता के प्रसिद्ध हार्ट स्पेशलिस्ट डॉ. सिन्हा खड़े दिखे। उनसे परिचय होने के कारण मैं जब भौचक-सी उनके पास जाकर खड़ी हुई, तो बिना कुछ कहे ही मेरे मन्तव्य को समझकर उन्होंने मुझे सारी बातें बताना शुरू कर दिया—वे लगभग पाँच-छह साल से शिव का इलाज कर रहे थे, पर किसी को पता नहीं था कि शिव को दिल की बीमारी है। उन्होंने जब कभी शिव को किसी ख़ास 'टेस्ट' के लिए कहा, तो उसने उसे हँसी में उड़ा दिया। उसकी जिजीविषा और जुझारूपन देखकर डॉ. साहब भी काफ़ी आश्वस्त थे कि जो दवाइयाँ वे शिव को दे रहे हैं उनके नियमित सेवन से ही वह ठीक हो जाएगा, लेकिन आज सविता की अर्थी उठाने के लिए उसे हिलाने पर, जब उसका मृत शरीर लुढ़ककर गिर पड़ा, तो डॉ. साहब ने तुरन्त उसके कमरे में जाकर, उसकी सारी दवाइयाँ टटोलीं। वे यह देखकर हैरान रह गए कि शिव कोई भी दवाई न खाकर, अपना क्षरण करता जा रहा था। फिर यह पता चलने पर कि शिव ने परसों शाम को ही अपनी सारी बची-खुची दौलत वृन्दावन के एक अस्पताल में 'सविता महिला वार्ड' हेतु दान कर दी थी, उन्हें पक्का विश्वास हो गया कि शिव ने उसी वक़्त यह दुनिया छोड़ने का दृढ़ निश्चय कर लिया था।

शिव ठीक ही कहता था, ''प्रेम में सबूत की क्या ज़रूरत है? वह तो बस हो जाता है, अनायास और अनजाने।

''प्रेम आपको करना है, आप करिए! दूसरा करता है या नहीं, इससे आपका क्या सम्बन्ध है।

''प्रेम करने से मुझे जिस परमानन्द का अनुभव होता है, क्या वही मेरे प्रेम का प्रतिदान नहीं है? मेरा प्रेम अपने में सम्पूर्ण है, उसे किसी और के सहारे की ज़रूरत नहीं है।

''दीदी! मैं बहुत स्वार्थी हूँ, इसलिए किसी और से कोई अपेक्षा नहीं रखता। मैं प्रेम और ईश्वर को एक ही मानता हूँ। जैसे वह 'ॐ पूर्णमदः पूर्णमिदं पूर्णात् पूर्णमुदच्यते। पूर्णस्य पूर्णमादाय पूर्णमेवावशिष्यते' है, वैसे ही मेरे लिए भी प्रेम स्वयंभू और अनन्त है।''

अगल-बग़ल दो अर्थियाँ रखी थीं, एक सादी और एक दुल्हन-सी सजी-धजी। हम निर्वाक् और स्तब्ध थे, पर हमारे मनों में विचारों का अन्धड़ आया हुआ था। मैं सोच रही थी, एक अलग दीये को पंक्ति देने की याचना करते अज्ञेय जी को ग़लत ठहराता, यह अकेला दीया जितना आलोकित, पवित्र, ज्योतित, भव्य और दिव्य है क्या कभी भी दुनिया की सारी 'दीप+अवलियाँ'! इतना प्रकाश प्रसारित करने में सक्षम होंगी?

हमारी धारणाओं को झुठलाकर, अपनी निर्मल हँसी से सकल चराचर जगत् को, प्रेम शब्द के प्रति, श्रद्धा और विश्वास की ख़ुशबू से भरता, शिव एक अचम्भा नहीं तो क्या है?...

न्याय-चक्र

"जरा देखिए तो! वो 'हंसा' है ना?" उच्चरित होते न होते, "ऐ हंसाऽऽऽ!... ऐ पवन बाबूऽ! जरा ठहरो भी! यूँ काँख (बग़ल) मै पोटला दबाए आधी रात नै कठै चाल्ले (कहाँ चले)?"

मध्यरात्रि के सन्नाटे में दूध-घी खाई हुई, हरियाणवी सावित्री देवी की यह 'दक्काल' जब बेलियाघाटा के बंगाली मोहल्ले में गूँजी, तो उन रोते-बिलखते पति-पत्नी ने अपनी चाल में तेज़ी ला दी और वहाँ से जल्दी-जल्दी पार होने लगे। पर वे ठहरीं मंगतराय किरोड़ीमल की बेटी, जिन्हें यदि क्रोध आ जाए, तो उनकी धावक-गति को अच्छे-ख़ासे दौड़ाक तक न पछाड़ पाएँ! फिर ये बेचारे तो अपने आत्मजों के प्रहारों से अधमरे, मनमरे, आत्ममरे अर्थात मरने के सारे प्रकारों से मरे पड़े थे, अब भला उनकी क्या बिसात थी, जो लम्बी चोटी लहराती, ममता की धनी इस 'सावाँ बेबे' से 'सक' सकते? सावित्री देवी ने जैसे ही हंसाबाई के पल्ले को झटका देकर खींचा, हंसाबाई पलटकर टूटे बाँध वाली नदी-सी उनसे लिपटकर ज़ार-ज़ार रोने लगीं। हालाँकि उनके पति भी अनवरत रोए जा रहे थे, पर उन्हें इस तरह फूट-फूटकर बिलखते देखकर वे उनके सिर पर हाथ फेरते हुए उन्हें सान्त्वना देने की चेष्टा में लग गए।

माँ के एकदम विपरीत मेरे पिता जी, जो कभी भी, किसी की भी 'दुई-चुई' (अड़ंगे) में नहीं पड़ते थे, ऊपर वाले बरामदे से इस दृश्य के साक्षी चेता बने हुए थे और टेलीफ़ोन के काले चोंगे से मुझे इस घटना का सूक्ष्मातिसूक्ष्म आँखों-देखा हाल सुना रहे थे। उनका यह निरासक्त रवैया, उनकी आत्मकेन्द्रितता के साथ ही माँ की परदुखकातरता वाली इन रोज़मर्रा

की आदतों के प्रति उनकी संचित खीझ का परिचायक भी था। साथ ही मुझे लगातार ख़बर देने के पीछे उनका यह अभिप्राय भी छिपा हुआ था कि 'और करो, चौबीसों घंटे अपनी माँ की बड़ाई! ख़ुद ही देख लो, वह कैसे बात-बेबात झंझटों को बुलावा देती रहती है। अब तुम्हीं भुगतो अपनी 'महतारी' की दरियादिली को।' दरअसल बाबू जी की दुनिया बहुत ही छोटी थी, जिसमें मात्र उनका घर-परिवार और एकाध मित्र भर थे। जबकि माँ की दुनिया!...उसका विस्तार तो शायद पृथ्वी के बाहर तक फैला हुआ था, जिसमें गली-मुहल्ला क्या, पूरे शहर के शहर समाए हुए थे! ऊपर से इन्तिहाँ यह कि उसमें केवल आदमी ही नहीं, वहाँ के पेड़-पौधे, गाय-भैंस, कुत्ते, चिड़िया, कबूतर, चींटियाँ, बिजली का 'फ़्यूज़्ड' खम्भा, पानी का टपकता नल आदि का भी बराबर का हिस्सा था।

कहना बेकार है कि माँ के रायगढ़ी मामा की बेटी, हंसादेवी, मय अपने पति के, माँ के कमरे में आ विराजीं, और माता जी अपना बोरिया-बिस्तर लेकर फ़्लैट के सबसे छोटे वाले कमरे में जा बसीं।

हमेशा की तरह ऐसी घटनाओं के बाद सुबह होते न होते मेरा माँ के यहाँ पहुँचना, एक ऐसा अनकहा फ़रमान था जिसे मानना मैं अपनी नियति नहीं, ख़ुशनसीबी समझती थी। माँ की चहेती बेटी होने के अलावा मेरे मन में माँ के ऐसे कामों के प्रति भक्ति के स्तर तक पहुँचा हुआ आदर भाव था। मुझे लगता है कि हम दोनों के बीच माँ-बेटी होने के अलावा भी संवेदनाओं से भीगा एक ऐसा तार जुड़ा हुआ था, जो अधिकांश बातें बिना कहे ही एक-दूसरे तक पहुँचा देता था। हो सकता है, माँ ने मेरे अजाने ही कभी अपने इन 'सनकी कारनामों' के कीड़े से मुझे भी कटवा दिया था, क्योंकि मैं भी अपने परिवेश की रचावट-बुनावट के विरुद्ध माँ की इन 'करतूतों' में जितना सम्भव हो पाता, साझेदारी करने का प्रयास करती थी।

मेरे घर में घुसते न घुसते माँ की आवाज़ आई, ''उमा आ गई, यहाँ आ।''

बाबू जी ने कहा भी, ''अरे ज़रा ठ्यावस (धैर्य) राख। इसनै (इसे) साँस लेकर कुछ पाणी-वाणी तो पी लेने दे।''

पर तब तक तो माता जी ने वहाँ आकर मेरा बायाँ हाथ पकड़ा और मुझे खींचती हुई, बीच कमरे में बैठे हुए उन टूटे-फूटे दम्पति के सामने ले जाकर खड़ा कर दिया। उन दोनों के चेहरे पर ऐसी मुर्दनी छाई हुई थी, मानो घर में किसी जवान की मौत हो गई हो। मुर्दनी क्या, वे तो ख़ुद ही मुर्दे-से दिख रहे थे। माँ का वह कमरा, जो सर्वदा उनकी रचनात्मक ऊर्जा से स्पन्दित होता रहता था, आज मरा हुआ-सा मूक क्रन्दन के 'अनहद नाद' से भरा था।

मैं धीमे से पीछे की ओर सरकती हुई वहाँ पड़ी एक काठ की कुर्सी पर बैठी ही थी कि माता जी ने मुझे झिंझोड़कर कहा, "उमा, ध्यान से सुन! तेरे दुनिया भर के सम्पर्क और दोस्तियाँ किस दिन काम आएँगी? अभी अपने 'भायले' (मित्र) पुलिस कमिश्नर को फ़ोन कर और इसके 'बेटे-बहू' के हथकड़ी लगवा। कह कि वे दोनों एक नम्बर के कमीने, बदज़ात और घटिया इनसान हैं। अरे! पत्थर-सी बैठी सोच क्या रही है, कर फ़ोन।"

माँ के मुँह से निकली इन गालियों से उनके दुख भरे क्षोभ का परिचय मिल रहा था। माँ, जो कि अपनी ममता, उदारता और मिठास के चलते जगतख्यात 'माँ' थीं, आज अपना ही विपर्यय बनी हुई अपने गौर वर्ण को ताँबई किए दे रही थीं। उनकी लक्ष्मी-पार्वती-सी शान्ति-कान्ति, धीरे-धीरे दुर्गा का शक्ति-रूप धारण कर रही थी। अपने प्रणाम के प्रत्युत्तर में जब मैंने उन लोगों का फटा हुआ कंठ-स्वर सुना, तभी मेरी समझ में आ गया कि माँ ने सारी रात इनकी दर्द भरी कहानियाँ सुनते बिताई है और इसीलिए मुँह से कभी अपशब्द न निकालनेवाली सावित्री देवी आज माँ काली बनी हुई हैं। मैं कुर्सी से उतरकर माँ के घुटने के पास जा बैठी और उसे सहलाते हुए प्रश्न भरी दृष्टि से उनकी ओर देखने लगी। माँ बिना किसी भूमिका के कहने लगीं—

"उमा! हंसा के जो बेटे-बहू इन्हें माँ जी! पिता जी! अम्मा जी! बाबू जी! कहते न अघाते थे, 'बैंक लॉकर' खुलवाकर रुपए निकालने के बाद वे ही इनके तन-मन को अपने बत्तीसों दाँतों से 'बटके' (काटने) भरने लगे थे। उन्होंने बुढ़ापे की दुहाई देकर हंसा का रसोईघर में घुसना

वर्जित कर दिया, पर इसके पीछे छिपी उनकी मंशा से इनका यह हश्र हुआ कि सुबह-सकारे चाय पीकर घूमने जानेवाले दम्पती यदि दोपहर को बारह बजे भी चाय माँगते, तो स्टील के गिलास में चुल्लू भर ठंडी चाय उनके सामने इस 'सीठने' (व्यंग्य) के साथ पटक दी जाती कि लीजिए, ठूँस लीजिए, अपने 'झेद' (बड़े पेट) में! बच्चे खाएँ न खाएँ, स्कूल जाएँ न जाएँ, पर आप लोगों को तो हर वक़्त हाय चाय! हाय नाश्ता! हाय खाना! हाय भूख! यह बात इतर है कि वे दोनों बेचारे तो महीनों से 'नाश्ता' शब्द ही भूल गए थे, और अपनी किसी भी घिघियाती पुकार के पहले वे यह सम्पुट लगाना नहीं भूलते थे कि बींदणी (बहू)! बच्चे स्कूल और संजय काम पर चला गया हो तो ज़रा-सी चाय दे दो। गोया वे ऐसे निरीह भिखारी हों, जिनके श्वास-प्रश्वास की आवाजाही भी इन लोगों की कृपा पर ही निर्भर करती हो।''

मैं ठहरी अत्यधिक तार्किक, इसलिए 'झट' से पूछ बैठी, ''इन्होंने अपना 'बैंक लॉकर' उन दुष्टों को दिया ही क्यों?''

यह सुनते ही माँ ने मुझे ऐसी नज़रों से घूरा जिनमें साफ़ लिखा था—'ओफ् ठगा! तू कितनी बेवकूफ़ है।' पर बाहर से उन्होंने केवल यही कहा, ''बेटा! माँओं की मजबूरियों से तुम्हारा परिचय नहीं है और न ही शैतान सन्तानों की नीच चालाकियों से, इसलिए जब तुमने यह महत् प्रश्न उठा ही दिया है तो फिर पूरी गाथा सुनो :

''एक दिन यह बहाना बनाकर कि उन लोगों को किसी रिश्तेदार के यहाँ विवाह में जाना है, वे दोनों हंसा को बहला-फुसलाकर बैंक ले गए और उसका लॉकर खुलवाकर, उसमें अँगुलियाँ फेर-फेरकर ऐसी झाड़ू लगाई कि कोई राई-रत्ती सोना और नगदी किनारों में न रह जाए। हंसा फटी आँखों से उनकी यह बदतमीज़ी देखती रही, फिर ख़ुद को यह दिलासा देकर कि अपने बच्चे ही तो हैं, विवाह के बाद ख़ुद ही सारा सामान लौटा देंगे, वह निश्चिन्त हो गई, लेकिन भोली हंसा! चिड़िया-चुगी खेत-सी, स्वयं को महाबेवकूफ़ की उपाधि से विभूषित कर उस अवसर का इन्तज़ार करती ही रह गई, और उसकी सयानी बहू ने यह

कहकर कि यह धन तो सन्तानाधिकार के अन्तर्गत आता है, उस सारी सम्पत्ति को अपनी 'फ़ाइल' में घोषित करवा लिया। सन्तान के मोह की मारी हंसा ने कब और कहाँ हस्ताक्षर किए, उसे इसकी कोई 'ग्यान-गिनती' (हिसाब) नहीं थी। अब भला वे बदमाश सन्तानाधिकार से प्राप्त गहने क्यों लौटाते?

"ख़ैर...गहने चले जाने की 'समाई' (सब्र) करने के बाद जब हंसा ने अपने बेटे से पूछा कि भाई! हमारे जीवन भर की जमा की हुई जो पूँजी तुमने एक दिन में लौटाने को कहकर ली थी, तो वह कब तक दे दोगे? सुनते ही बेटे ने दाएँ हाथ से थप्पड़ खींचा और चेहरे पर सारी दुनिया की घृणा समेटकर होंठों को टेढ़े-मेढ़े सिकोड़ता हुआ बोला, 'कैसी डायन माँ हो तुम! तुम्हें ज़रा भी शरम नहीं आती, हाय रुपया-हाय रुपया करते हुए, यहाँ मैं व्यापार के घाटे की चिन्ता में मरा जा रहा हूँ, रात-दिन खट-खटकर अपने हाड़ गला रहा हूँ, और तुम्हें अपने रुपयों की पड़ी है? अच्छा हो कि यह बात दुबारा मुँह पर लाने से पहले तुम डूब मरो। तुम्हारी जैसी माँ से तो माँ न हुई ही अच्छी।'

"हंसा पथराई-सी बेटे की विष भरी कटूक्तियाँ झेलती रही, फिर एक कोने में जाकर इतने ज़ोरों से फूटकर रोई कि बग़ल का पड़ोसी घबराकर आया और इनके फ़्लैट की घंटी बजाने लगा। पर जो ख़ुद इतने ख़तरनाक हों, उन्हें किसी और ख़तरे की क्या परवाह! बेटे ने आँखें दिखाते हुए दोनों हाथों से माँ का मुँह दबोच लिया और बहू ने ज़ोरों से टी.वी. पर रोने का सीरियल लगाकर, दरवाज़े पर खड़े पड़ोसी महोदय से मीठी-मीठी बातें बनाकर उन्हें हँसते-हँसते विदा कर दिया।"

मैं आँखें फाड़े उन दोनों को देखती हुई, सोचे जा रही थी कि पढ़ा और सुना तो बहुत था कि माँ-बाप की ममता अन्धी होती है, पर विश्वास नहीं किया था। लेकिन ये दोनों अपने कृतित्व से इस बात पर 'मुहर' लगा रहे थे कि मैं इस बात को सवा सोलह आने सही मान लूँ।

मेरे स्वभाव की सिफ़त ठहरी चपल-चंचल! मुझमें उनका 'रोंदला' (रोता हुआ) इतिहास सुनने का धैर्य कहाँ था! इसलिए माँ को बीच में ही

टोककर मैं बोल पड़ी, "ये सब तो बीते कल की बातें हैं, पर आज ऐसा क्या घट गया था, जो ये लोग आधी रात को यों कंगालियों की तरह मुँह छिपाए भाग रहे थे? इनके पास न तो कोई रुपया-पैसा था और न ही कोई सामान, तो क्या ये लोग आत्महत्या करने जा रहे थे?"

मेरे बड़बोलेपन पर मुझे माँ की करारी डाँट पड़ने ही वाली थी कि हंसाबाई ने अपनी ऊबड़-खाबड़ साँसों से यह जवाब दिया, "उमा! एक बार मन में तो यही बात आई थी! फिर यह सोचकर कि हम तो आराम से चले जाएँगे, पर गाँव-दुनिया इन पर थू-थू करेगी, ऊपर से संजय की बदनामी होने से अनन्त के विवाह में भी 'आँट' (बाधा) आएगी, हमने वह विचार त्यागकर यह सोचा कि रो-गिड़गिड़ाकर किसी तरह बिना टिकट, रायगढ़ की रेल में बैठ जाएँगे। इसीलिए हम सियालदह स्टेशन की ओर जा रहे थे।"

मैं हैरान थी कि जिन लोगों ने इन पर बेतहाशा ज़ुल्म ढाने के बाद, इन्हें मार-कूटकर, दर-दर की ठोकरें खाने के लिए घर से निकाल दिया, उन्हीं के यश-अपयश के लिए ये आज भी मरे जा रहे हैं! मुझे लगा मैंने ही ग़लत सुन लिया है, इसलिए मैंने दुहराया, "बदनामी?" इस पर हंसाबाई का जवाब था, "हाँ उमा! तू ही बोल, संजय की बदनामी तो होती ही ना!"

यह सारी चर्चा सुनते समय माँ क्रोध से लाल भभूका हो रही थीं, जिसका एक कारण यह भी था कि हंसा जीजी की बहूरानी माँ की बचपन की सहेली 'गोबली गाय' (अति भली) विद्या की बेटी थी और वे ही इस विवाह की घटक थीं। माँ ने एक अपराधी की तरह गर्दन झुकाकर कहा, "मैंने उस 'चंडिके' को विद्या का हवाला देकर कई बार समझाने की कोशिश भी की, पर राम जाने वह देवी माता किस धातु की बनी हुई हैं! उस पर किसी बात का कोई असर ही नहीं होता था और वह हर वक़्त अपने पूरे 'जोम' में जालसाज़ियों से भरी कारगुज़ारियाँ करने में ही मशग़ूल रहती थी। जब इन दिनों हंसा ने मुझे कोई ख़बर नहीं दी, तो मैंने सोचा— हो सकता है, वह देवी 'मंढ' (यथास्थान) में आ गई होगी और अब हंसा आराम से होगी।"

अभी माँ का वाक्य अधूरा ही था कि हंसा जीजी ने पहले तो अपने माथे पर दोहत्थड़ मारा और फिर अपने सिर को ज़ोरों से भड़ाभड़ ज़मीन पर पटकने लगीं। उनकी सभी मुद्राएँ किसी पागलख़ाने से छूटे व्यक्ति सरीखी थीं, इसलिए हम लोगों ने उनके दोनों हाथ और सिर पकड़ लिये और माँ ने डपटकर कहा, ''हंसा, के होया, जो पागलाँ की तरियाँ करै सै?'' (हंसा, क्या हुआ, जो पागलों की तरह कर रही हो?)

उस लम्बी-चौड़ी कहानी की जान यह है कि बेटे-बहू ने पहले तो हंसा का सारा 'स्त्री धन' बैंक के 'लॉकर' से निकालकर हड़प लिया और फिर कल दोपहर, जब हंसा के पति क़ाम से बाहर गए हुए थे, बेटे ने माँ को 'पोट' (पटा) कर उससे फ़्लैट के काग़ज़ों पर दस्तख़त करवा लिये। यह क्या है, पूछने पर सुपुत्र जी ने अपनी ज़ुबान में मिस्री घोलकर माताजी से कहा, ''माँ! तुम्हारी कई दिनों से इच्छा थी ना कि तुम कोई बड़ा दान करो, तो इन दिनों मेरे बहुत ही अच्छी कमाई हुई है, इसलिए मैं इन 'स्टैम्प पेपर' पर उसे लिखकर तुम्हें अर्पित कर रहा हूँ।''

बेटे-बहू पर आशीषों का ख़ज़ाना लुटाकर, हंसा जीजी उस रात आनन्द की नींद सोई ही थीं कि बहू ने आधी रात को झटककर सास की चादर खींचते हुए कहा, ''अब उठिए भी, बहुत सो लिये! हमारी आधी जवानी तो आपकी 'खेचल' (कष्टप्रद काम) करते हुए ख़त्म हो ही चुकी है, क्या बाक़ी बची हुई ज़िन्दगी में भी आप लोग यों ही हमारी छाती पर बैठे मूँग दलते रहेंगे? यदि आप लोगों में ज़रा भी हया बची हो, तो इसी घड़ी अपना काला मुँह लेकर चुपचाप यहाँ से दफ़ा हो जाइए, वरना दोपहर में पड़ोसी दस तरह के प्रश्न पूछेंगे।''

वे दोनों स्तब्ध और हतप्रभ फटी आँखों से उस 'बहू' को संज्ञाशून्य-से देखे जा रहे थे कि अगला वाक्य गूँजा, ''आप लोग मनों खाना तो मिनटों में भकोस लेते हैं, और अब आप से हिला नहीं जा रहा है? अरे! यों आँखें फाड़े देख क्या रहे हैं! झट से उठिए और निकलिए यहाँ से! अब तो बख़्शिए हमें।'' कहते हुए उसने हंसा जीजी को इतनी ज़ोर

से धक्का दिया कि वे पलंग से नीचे जा पड़ीं और किसी तरह बोलीं, "इतनी रात को! रास्ते में कुछ 'हो-हवा' गया तो?"

"अरे! क्या होने को पड़ा है आप लोगों को? लुटेरे क्या अन्धे होते हैं, जो आप लोगों पर हमला करेंगे? और माँ जी! यदि आपको कुछ हो भी जाए, तो भगवान को धन्यवाद दीजिएगा कि मुक्त हुए!"

'हे भगवान! यह औरत है या जल्लाद!' सोचकर मरती-पड़ती-सी हंसा जीजी उठीं और पथराए पति को हलके हाथ से उठाकर बोलीं, "आओ! चाल्लाँ।" ज़ीना उतरते हुए उन्होंने बीच सीढ़ी पर बैठ कुछ देर अपनी ऊपर-नीचे होती साँस को सँभाला और यह 'जँचाने' लगे कि कहाँ जाएँ। तभी ऊपर खड़ी बहू ने ससुर को ऐसी-ऐसी गन्दी गालियाँ देना शुरू किया कि हंसा के पतिदेव अपने कानों पर हाथ धरकर, लुढ़कते हुए-से नीचे आ गए। पर हाय रे माँ का कलेजा! मरे बराबर अपमान होने के बाद भी यह सोचकर कि सुबह जब लोग उन्हें घर के अहाते में पोटली लिये बैठे देखेंगे, तो उनके बेटे-बहू की क्या इज़्ज़त रह जाएगी, वे अँधेरी रात में ही वहाँ से उठकर आड़े-तिरछे क़दमों से रोते-बिलखते अपने गन्तव्य स्टेशन की ओर जाने लगे कि तभी उन्हें 'सावाँ बेने' की कड़कती आवाज़ सुनाई पड़ी।

कथा पर अर्द्धविराम लगते ही माँ ने तड़पकर कहा, "हंसा! तुझे ज़रा-सा तो सोचना चाहिए था कि आख़िर तू किस ख़ानदान की है? तेरे बाबाजी तो साक्षात् मृत्युंजय थे और उनके गोद आया हुआ तेरा बाप भी कुछ कम नहीं था। किसी और दिन तुम लोगों को उनके क़िस्से सुनाऊँगी, फ़िलहाल तो शर्म की बात यह है कि उस बहादुर ख़ानदान की बेटी होते हुए भी तुमने इस तरह अपने 'हाण' (हिम्मत) खो दिए।"

किरच-किरच हुई हंसा जीजी को यों बिखरते देखकर माँ का क्रोध सातवें आसमान पर जा पहुँचा। पर चूँकि वह बेचारी तो दुर्दिन-मारी थीं, इसलिए माँ ने उन्हें कुछ न कहकर मेरी ओर मुख़ातिब होकर, हमेशा के विपरीत, ख़ासे कड़वे स्वर में कहा, "उमा! तुम यों छिटकी-सी खड़ी, कोई तमाशा देख रही हो क्या?"

"हँ! हैं!" करते हुए मैं कुछ कहती कि उनका आदेश सुनाई पड़ा, "अभी फ़ोन करो अपने भायले (मित्र) पुलिस कमिश्नर को और उनसे कहो कि तुरन्त इसके बेटे-बहू का वारंट कटाकर उनके हथकड़ियाँ डाले।"

"माँ! यह कोई मज़ाक़ है क्या? हर चीज़ का अपना एक तरीक़ा होता है।"

माँ ने चश्मे के पीछे से झाँकती अपनी बड़ी आँखों को और भी फाड़कर कहा, "तरीक़ा? हद्द हो गई भई! मरते आदमी को ऑक्सीजन देते वक़्त तो बिना आगा-पीछा और तरीक़ा देखे उसके मुँह से मुँह चिपकाकर साँस दे दी जाती है! और इन मरे-पिटे लोगों के लिए तुम भाषण और क़ानून बघार रही हो? शर्म आनी चाहिए तुम्हें! लाओ, मुझे दो फ़ोन!"

इसके पहले कि मैं कुछ कहती मेरा मोबाइल माँ के हाथ में था।

"हैलो! सुकान्त बाबू! हाँ! हाँ! मैं सावित्री! उमा की माँ बोल रही हूँ।" और पलक झपकते ही माँ ने उनके साथ बातचीत कर एक तदबीर निकाल ली।

माँ की सत्संग-मंडली में पास के थाने के तीन सिपाही भी शामिल थे। वे आला दर्ज़े के ईमानदार और धार्मिक थे। उनमें से एक उस वक़्त थाने में मौजूद था, उसने तुरन्त एफ़.आई.आर. आदि दर्ज करके, उसके आधार पर बड़े थाने से 'सर्च वारंट' और पति-पत्नी के नाम का गिरफ्तारी वारंट कटवा लिया। कमिश्नर साहब के हवाले से आनन-फ़ानन में ही वहाँ दो इंस्पेक्टर भी आ गए।

सारी साज-सज्जा तैयार होते ही माताजी बिना झंडे के झाँसी की रानी बनी हुई, उस बटालियन के साथ, हंसा जीजी के घर जा धमकीं और अपना 'पाञ्चजन्य' फूँककर रंगरलियाँ मनाते बेटे-बहुओं से बोलीं, "वाह भाई वाह! यहाँ तो एकदम होली-दिवाली-सी रौनक हो रही है, क्या ख़ास बात है, जो इतनी ख़ुशियाँ मनाई जा रही हैं?" हँसता-खिलखिलाता वह जोड़ा, झेंपता हुआ-सा 'अरे मौसी जी!...अरे दीदी! आइए! आइए।' के आगे कुछ कह पाता कि माँ के पीछे खड़ी क़तार को देख, सहमकर पीछे

हट गया। पर अब हटकर, कहीं जाने की गुंजाइश कहाँ थी? इतने में ही माँ की कड़कदार आवाज़ छज्जों-चौबारों को पार करती पूरे मोहल्ले में गूँजी, "हवलदार साहब! घाल (डाल) दीजिए इन दोनों को हथकड़ी! बेहया, बेशर्म कहीं के! जिस जबान से गाली निकालते हैं, उसी से हमारा स्वागत कर रहे हैं!"

कहना नहीं होगा कि शाम ढलने के पहले ही माँ ने वकील की उपस्थिति में वह फ़्लैट छुड़वा लिया और हंसा का सारा धन एक नए लॉकर में रखकर, उस पर एक सही अपनी भी करने के बाद उसकी चाबी भी अपने पास ही रख ली। फ़्लैट के क़ाग़ज़ात 'घरू' (पारिवारिक) वकील को सौंपते हुए माँ ने कहा, "वकील जी! आज से आप ही हंसा के गार्जियन हैं (वकील माँ के ही गाँव के और उनके पिता के पोसे हुए थे)। मैं रहूँ न रहूँ! आपको हवाला मेरे बाप का कि आप इस 'छोरी' की सदा सँभाल रखेंगे।"

माँ ने हंसा जीजी का सारा 'जाचा-जचा' (सब कुछ ठीक) कर उसके बेटे-बहू से कहा, "निकलो तुम दोनों यहाँ से, और कहीं और ठौर-ठिकाना करो।" पर माँओं की कहनी और करनी क्या कभी एक होती है?

हंसा के बेटे-बहू अपनी माँ और मेरी माँ के पैरों में पड़-पड़ाकर वापस आ गए और सुनने में यह भी आया कि हंसा और उसके पति का अपने पोते से बेइन्तिहा मोह भी हो गया है।

द्वचाबियाँ अभी भी माँ के ही क़ब्ज़े में थीं, शायद इसलिए भी वे शरीफ़ज़ाद बने हुए माता-पिता की सेवा में लगे हुए थे। 'हंसा माँ' सारा कटु अतीत बिसराकर बेटे-बहू का गुणगान करने लगी थीं जिससे पास-पड़ोस को भी उन दोनों की भलमनसाहत पर यक़ीन होने लगा था, और हंसा जीजी को लगने लगा था जैसे अब चारों ओर सतयुग ही सतयुग है।

माँ के जाने के कुछ दिनों बाद तक तो मैंने हंसा जीजी की चाबी सँभालकर रखी, पर मुझमें माँ-सी उदारता कहाँ! इसलिए एक दिन मैंने बहुत प्यार से वह भार उसकी मालकिन को 'सम्हला' दिया। चाबीवाले दिन हंसा जीजी के पोते के रंग-ढंग देखकर मैं कुछ चकराई भी! पर जब

हंसा जीजी ने उसे ख़ुद से चिपकाते हुए यह कहा, "उमा! यह कहावत एकदम सही है कि मूल से सूद ज़्यादा प्यारा होता है। अब देख ना! इस छोरे में मेरा मोह इसके बाप से हज़ार गुना ज़्यादा है और यह भी मुझे अपनी माँ से ज़्यादा प्यार करता है, तो मुझे लगा मैं बेकार में ही सब पर शक़ करती रहती हूँ।"

अभी मुझे हंसा जीजी की ख़ुशहाल ज़िन्दगी से ख़ुश हुए ज़्यादा दिन नहीं हुए थे कि मेरे पास उनकी आपदा-विपदा की छोटी-मोटी ख़बरें आने लगीं। माँ के जाने के बाद वृहत् मातृपक्ष वालों के साथ आई दूरी के कारण, मुझे उनसे कटने का बहाना मिल गया था और जीवन की अफ़रा-तफ़री के साथ ख़ुद के जंजालों से घिरे मेरे जीवन में हंसा जीजी का अता-पता क्रमशः खो गया था।

अचानक एक दिन जीजाजी (हंसा-पति) के देहावसान की ख़बर आई। रिश्तेदारी में मरे-जिए में जाना आवश्यक होने के कारण, जब मैं वहाँ गई, तो हंसा जीजी को देखकर दंग रह गई। उनके वैधव्य की व्याकुलता के पीछे भी उनके दैनन्दिन की दीनता साफ़ नज़र आ रही थी। मेरी प्रश्न भरी आकुल दृष्टि को जब हंसा जीजी ने देखकर भी अनदेखा कर दिया, तो उनकी अन्दरूनी ख़स्ता हालत मुझसे छिपी नहीं रही। हालाँकि मैं उनके बहुत क़रीब नहीं थी, फिर भी पड़ोस में रहने के कारण, बचपन में 'जीजी! जीजी!' का रट्टा तो मैंने भी मारा ही था, इसलिए सही जानकारी के लिए मैंने उनकी 'पड़ोसन ताईजी' का पल्ला पकड़ा। हंसा जीजी के बाबत उनकी बताई हुई कहानी यूँ है :

"सावित्री बाई के जाने के बाद, हंसा का बेटा एकदम निडर और ढीठ हो गया और उसने ख़ूब चालाकी से अपने बेटे रूपी जाल में इन सीधे-सादे पति-पत्नी को फँसा लिया। प्रौढ़ावस्था में दुबारा बचपन का आनन्द लेते हुए हंसा और पवन बाबू देखते ही देखते हर वक़्त 'अनन्त! अनन्त!' की माला जपने लगे। पर वह बछड़ा कब साँड़ बन गया, इससे ग़ाफ़िल हंसा जीजी उसे 'नई ब्यायी' गाय की तरह रात-दिन अपने वात्सल्य रस से भिगोती रहीं, और बाँध टूटकर बहा उनका मातृत्व-प्रपात 'अनन्त

रूपी जीवात्मा' को बारह महीनों के चौबीसों घंटे आपादमस्तक सिंचित करता रहा।

"एक तो ओछे माँ-बाप की संकीर्णमना परवरिश से पालित, ऊपर से दादी की स्नेह-पगी धन की बौछार! ऐसे में किसी भी युवा के अशिष्ट और उद्दंड बन जाने की सम्भावना तो रहती ही है, ऊपर से अनन्त के माँ-बाप अब भला 'करेले को नीम चढ़ने' में क्या देर लगती! इन दिनों वह हर वक़्त बात-बेबात दादा-दादी को 'सिरड़ी' (किचकिचिया) मूर्ख आदि कहकर झिड़कता रहता। आहिस्ता-आहिस्ता यह स्थिति हो गई कि दादा-दादी को देखते ही उसे जैसे बिजली का करंट-सा छू जाता और वह अनाप-शनाप बकवास शुरू कर देता। उसके अपमानों से असमय बुढ़ाए दादा-दादी अपने आँसू पोंछते हुए उसकी बदतमीज़ियों को बचपना कहकर टालते रहते।

"हमेशा की तरह, परसों रात जब वह नशे में धुत होकर घर लौटा, तो दादा के ज़रा-सा टोकने पर, उसने सूट लटकाने का भारी हैंगर उनके सिर पर ज़ोरों से दे मारा, और वे बेचारे 'औसान चूक' (हतप्रभ)-से उस अकल्पनीय प्रहार से घबराकर सिर के बल ज़मीन पर जा गिरे, नतीजतन उनके 'ब्रेन हैमरेज' हो गया। चीनी की बीमारी होने के कारण उनकी हालत और भी 'ताब' में नहीं आई और वे चल बसे। जब थाने से आए सावित्री बाई के धर्मभाई सिपाहियों ने हंसा से मृत्यु का कारण पूछा, तो उस संकट के समय में हंसा ने उन्हें बिना अटके कह दिया : आधी रात को पेशाबघर में 'आक्खड़' (ठोकर लगना) गए थे।"

हंसा जीजी को समय न दे पाने के अपने ढेरों बहानों पर ग्लानि होने के बावजूद भीतर ही भीतर मेरा 'दिद्दा' (मन) हंसा जीजी की ज़िम्मेदारी लेने का नहीं था। वैसे इसमें हंसा जीजी की भागीदारी भी कुछ कम नहीं थी। मैंने जब कभी हाल-चाल पूछकर उनके जीवन में घुसने की चेष्टा की, तो अपने चेहरे पर छाई अवसाद की परत को पीछे सरकाकर, वे मुस्कराते हुए अपने दोनों हाथ आकाश की ओर उठाकर कह देतीं, "एकदम ठीक स्यूँ, तैं चिन्ता मत कर।" मेरा यह प्रस्ताव कि रामदरश मामा (हवलदार)

रोज़ उनका हाल-चाल पूछ लिया करेंगे, उन्होंने इस तरह ख़ारिज कर दिया, मानो मैंने उनके सामने किसी बम आरोपण की बात कह दी हो।

एक दिन मेरी गहरी उद्विग्नता देखकर उन्होंने कहा, "उमा! तुम ज़्यादा माथा मत लगाओ और मुझे मेरे भाग्य पर छोड़ दो। क्या 'साँवा बेबे' चाहकर भी मेरे बुरे समय की घड़ी को उलटा घुमा पाईं? मेरे भाग्य के आगे जब उन जैसे ऋषि व्यक्तित्व का ही वश नहीं चला तो तुम और मैं तो हैं ही क्या?"

उनकी दिलासों से भरी हुई मैं रास्ते भर सोचती रही कि माँ के अनुसार हंसा जीजी जैसा साधु स्वभाव सदियों में किसी एकाध प्राणी का ही होता है। साथ ही उसमें वे यह नुक़ता भी जोड़ दिया करती थीं कि "पता नहीं यह ऊपरवाला भी अपने ख़ास बन्दों को ही ज़्यादा तकलीफ़ क्यों देता है!" पर उनके जैसी धर्मपरायण महिला भगवान को कैसे दोषी मानती, इसलिए वे यह कहकर भगवान को माफ़ी दे देतीं कि "हो सकता है वह इसी बहाने हमारे पूर्वजन्म के पाप कटवाता हो।" इस प्रकार प्रकट की गईं अपनी उक्तियों का समापन वे हमेशा दर्शन भरे इस वाक्य से करतीं, "उमा! सदा विश्वास रखना कि भले ही उसके यहाँ देर हो जाए, पर अन्धेर नहीं हो सकता। इसलिए देखना एक न एक दिन भगवान हंसा का न्याय भी ज़रूर ही करेगा।"

ऐसे ही विमर्शों के जाल में फँसी मैं बार-बार अपने मन में माँ से पूछ रही थी, 'क्या हुआ तुम्हारे भगवान के न्याय का? अब यह मत कहना कि अभी हंसा के पाप कटने बाक़ी हैं। सच तो यह है कि ये सारे आश्वासन ही 'फ्रॉड' हैं, नक़ली हैं। ज़रा पूरी दुनिया में आँख घुमाकर देखो, चारों तरफ़ दुष्ट बैठे राज कर रहे हैं, और भले नरक भोग रहे हैं। अब तुम्हीं बताओ! सुबह से रात तक सबका भला चाहनेवाली हंसा जीजी को क्या कभी भी इन दारुण मानसिक कष्टों से मुक्ति मिली है, या मिलेगी?'

मुस्कराने की अपनी जन्मना आदत के तहत शायद माँ मेरे उपालम्भों के जवाब में ज़ोरों से मुस्कराई होंगी, क्योंकि दो-एक दिन बाद ही एक

भयंकर ख़बर मिली, 'सशस्त्र गुंडों ने हंसा जीजी के घर पर हमला कर उनके बेटे-बहू को मार डाला।' बहू ने उस वक़्त दुनिया भर के ज़ेवर पहन रखे थे और बेटा कहीं से रुपयों भरा 'ब्रीफ़केस' लाया था। ज़्यादा ना-नुकर और हाथापाई करने पर अन्ततः हमलावरों ने उन दोनों की जान ले ली।

यह पूछने पर कि हंसा जीजी की क्या ख़बर है! पता चला कि वे अपने किसी रिश्तेदार के यहाँ गई हुई थीं, इसलिए बच गईं। कुल के चिराग़ अनन्त के बारे में तहक़ीक़ात करने पर जो तथ्य सामने आए, वे अत्यधिक चौंकानेवाले थे। पुलिस ने बताया कि उन गुंडों में से तीन को पकड़ लिया गया है और उनके अनुसार यह सारी योजना अनन्त की ही बनाई हुई थी। चूँकि वह 'ड्रग' लेने के साथ-साथ और भी कई बुरे धन्धों में फँस गया था, इसलिए उस पर 'गुंडा-सरदार' का बड़ा क़र्ज़ हो गया था। उन लोगों ने घर की विस्तृत जानकारियोंवाला एक नक़्शा और घरवालों की समय-सारणी भी पुलिस को दिखाई, जिससे पुलिस का सन्देह अनन्त पर पुख़्ता हो गया।

मेरे यह कहने पर कि जब यह साबित हो चुका है कि यह सारी साज़िश अनन्त की ही है और वही इस कांड का 'मास्टर माइंड' (कर्ता-धर्ता) है, तो उसे गिरफ़्तार क्यों नहीं किया जा रहा, मुझे उत्तर मिला कि वह ख़ुद को बहुत शातिर समझता है, इसलिए अभी फ़रार है, पर शायद वह नहीं जानता कि हमारे हाथ भी बहुत लम्बे हैं और कुछ ही देर में हमारे लोग उसे पकड़ चुके...वाक्य के बीच में ही हमने कमिश्नर साहब को अपने वायरलेस पर यह कहते सुना, "वेल!...वेरी गुड!...थैंक्यू!...उसे तुरन्त 'लॉक-अप' में डालो, मैं आ रहा हूँ।"

वहाँ से लौटकर जब मैंने माँ की फ़ोटो देखी, तो मुझे लगा कि उनकी अचल तस्वीर जीवन्त होकर, अलौकिक भावों से भर गई है और उनकी वही शाश्वत मुस्कराहट मेरी सारी दुविधाओं का जवाब दे रही है।

रुकना नहीं राधिका

मैं और राधिका होने को तो अभिन्न मित्र थीं, पर हमारा रूप-रंग एक-दूसरे से बिलकुल उलटा था। वह ठहरी पूनो का चाँद और मैं मावस की रात। राधिका जब अपनी हिरणी-सी आँखें, सुग्गे-सी नाक, मझोला क़द, दूधिया गुलाबी त्वचा, कोयल-सी बानी, सही कटाव और भराव आदि ढेरों ख़ूबसूरतियों को अपने नाज़ुक-से दामन में समेटकर चलती, तो सारी कायनात थमकर उसे देखने लगती!

और मैं ? लम्बी-तड़ंगी, गहरी साँवली, नाक, कान, आँख, आवाज़ सब कुछ इस कदर बदमज़ा कि रात को किसी और की दहलीज़ पर पैर रखते ही वहाँ के बच्चे चिल्ला न पड़ें, तो ग़नीमत जानिए। सच पूछें, तो नज़ाकत और नफ़ासत के 'न' से भी मेरा कोई लेना-देना नहीं था। रहा-सहा मेरा पहनावा भी ठहरा ठेठ पठानी अर्थात् कुल मिलाकर मैं पंजाबी फ़ौज का एक 'मुंडा' सिपाही दिखती थी।

मनोविश्लेषक शायद ठीक ही कहते हैं कि मुझ जैसे लोग ऐसी सुन्दरियों पर जान छिड़कते हैं; क्योंकि कहानियों के 'राक्षस की जान तोते में' की तरह ही, मेरी जान भी राधिका में ही अटकी रहती थी।

मेरी इस चाहत से ज़्यादा आश्चर्यजनक बात यह थी कि औरों के लिए बेपरवाह राधिका मेरे इस प्रेम को बहुत तवज्जुह देती और हर वक़्त अर्चना-अर्चना रटती रहती। ऐसा लगता जैसे उसका कोई भी काम मेरे बिना सरकता ही नहीं है। वैसे अपनी शक्ल के उलट राधिका पढ़ाई में ज़ीरो थी। पहली कक्षा से दसवीं तक तो वह मेरे प्रभामंडल से घिरी किसी तरह पास होती रही, लेकिन कॉलेज में उसे साइंस की पढ़ाई बहुत ही भारी

लग रही थी। इसके पहले कि वह बुरी तरह फ़ेल हो जाती, नियति ने उसकी रक्षा की और एक अच्छे घर के उस जैसे ही सुन्दर लड़के से उसका विवाह तय हो गया। आज के हिसाब से तो उसकी उम्र काफ़ी कम थी, पर उस ज़माने में माँएँ ऐसी नूरजहाँओं को यथाशीघ्र उनके दूल्हे मियाँ को सौंपकर निश्चिन्त हो जाया करती थीं। वैसे भी राधिका को इसका कोई रंज न था, क्योंकि अति सौभाग्य से ही 'सर-फोड़' पढ़ाई के एवज़ में उसे ऐसा मनभाता सुदर्शन वर मिल गया था, जिसे देखते ही लोग उस पर मुग्ध हो जाते थे।

विज्ञान की छात्रा होने के कारण मैं उस जोड़े को कालिदासी उपमाएँ तो नहीं दे पाती थी, फिर भी मेरे मुँह से उनके लिए 'कामदेव-रति-सी जोड़ी' तो निकलता ही रहता था।

फूलों-सी राधिका का पारिजात-सा पति! हर क्षण भौंरे-सा उसके चारों ओर मँड़राता रहता और सपनों के इन्द्रधनुष पर झूलते दिन और सप्ताह बादल बनकर उड़ते रहते।

तभी उस सुन्दर उपवन पर तुषारापात हो गया। राधिका की शादी को अभी छह महीने भी नहीं बीते थे कि उसके हँसते-खेलते पति ने उसकी गोद में दम तोड़ दिया। अफ़वाहें तो बहुत उड़ीं! पर क्या अफ़वाहों से कोई गया हुआ प्राणी लौटता है? इस आघात से कमसिन राधिका ऐसी हो गई, जैसे उजाड़ जंगल। जिस राधिका के चेहरे पर सदा चाँदनी बिखरी रहती थी, जिसकी बोली-बानी, चाल-ढाल, चितवन, गर्दन की जुम्बिश, भ्रू-संचालन आदि की हलकी-सी हरकत भी आभिजात्य समाज की स्त्रियों में नोट की जाती थी, वही राधिका अब कागउड़ानी-सी दिखने लगी थी। राधिका के जिस सौन्दर्य ने वसन्त छोड़कर कोई और ऋतु नहीं जानी थी, वही अब पतझड़ के वीराने का पर्याय बन गया था। इकलौती बेटी की इस हालत से माँ का जी तो दुखना ही था, इसलिए वे उसे अपने घर ले गईं।

दो-एक साल में राधिका ने बी.ए. की एक टूटी-फूटी-सी डिग्री ले ली और धीरे-धीरे उसका जी भी कुछ सँभल गया। एक दिन मौक़ा देखकर उसकी माँ ने मेरे छोटे भाई मुकुन्द के साथ राधिका के विवाह के

लिए मुझसे अपने घर में बात करने को कहा। उनका यह कहना एकदम वाज़िब था, क्योंकि मेरे पिताजी समाज सुधारक थे और वे मेरे तीन बड़े भाइयों का विवाह विधवा लड़कियों के साथ करवा चुके थे। वैसे भी बचपन से ही आना-जाना होने के कारण राधिका हमारे घर का ही एक अंग बन चुकी थी, इसलिए बात चलते ही 'हाँ' हो गई और वह मेरी भाभी बनकर हमारे घर की शोभा बढ़ाने लगी।

मुकुन्द और राधिका दोनों की सुन्दरता ने मिलकर तीन सुन्दर प्राणियों की संरचना की; उनके नाम थे शशि, राहुल और मनीष। ये भाई जब सड़क पर निकलते, तो ग्रीक मिथक-पुरुष यूसुफ़ की कथा की तरह ही युवा लड़कियाँ उन पर मुग्ध होकर उनसे तरह-तरह की अठखेलियाँ, छेड़ख़ानियाँ और सरगोशियाँ करने लगतीं। शशि को छोड़कर बाक़ी के दोनों तो उनके प्रभाव में आकर बहकने लगते, पर शशि वह घोड़ा था, जो अपनी 'सीधी पट्टी' कभी नहीं बदलता था और उसी पर 'सरपटी' की रफ़्तार से तैरता-सा अपने लक्ष्य की ओर बढ़ता जाता था।

मुकुन्द अप्रतिम मेधावी था। उसे हज़ारों क़िस्म के आँकड़े कंठस्थ रहते थे। किसी भी क्षेत्र की कोई भी चर्चा छिड़ती, तो वह 'धड़-धड़-धड़-धड़' आँकड़े गिनाने लगता और विषय-प्रवर्तक अपना आपा भूल दोनों हाथ ऊपर उठाकर, 'जीनियस! जीनियस!' चिल्लाने लगता, लेकिन इस जीनियसपने से राधिका को क्या मिला? काग़ज़ी बातें करता एक अधपगला पुरुष, जिसके मिज़ाज तो बिल गेट्स जैसे थे, पर जिसकी ज़ेब में एक अधेला तक नहीं रहता था। मुकुन्द को जीवन की साधारण ज़रूरियात की कोई वाक़िफ़ियत नहीं थी और केवल बड़ी बातों की छौंक से रसोईघर में सब्ज़ी नहीं बन सकती। पिता का दिया बड़ा-सा बँगला तो था, पर क्या उसके किवाड़ों को रोटी की तरह पकाया-खाया जा सकता था?

स्वतंत्रता सेनानी होने के कारण मेरे पिताजी का अपना कोई व्यापार तो था नहीं, पर मेरे तीनों बड़े भाई महाव्यावहारिक और बनिया-बुद्धि में पक्के थे, इसलिए उन्होंने कई तरह की 'अंडा-पट्टी' से अपने बूते पर अच्छे-ख़ासे कारोबार खड़े कर लिये थे, लेकिन माँ का लाड़ला छोटका

मुकुन्द मेरी माँ-सा ही भोला-भाला था। उसके बचपन से लेकर स्कूल, कॉलेज तक मेरे पिता देश के काम में ही लगे रहे। 'कभी जेल के अन्दर, तो कभी बाहर' के झूले में झूलते वे बेचारे मुकुन्द को क्या सिखा-पढ़ा सकते थे? वैसे मुकुन्द को आनुवंशिकी में उनसे तीव्र मेधा और एक घर तो प्राप्त हो ही गया था।

साक्षी हूँ मैं कि वह चार तल्लिया मकान आज भी बहुत ही ठसक से कलकत्ता के आभिजात्य मुहल्ले में खड़ा है, जिसके ऊपर के चार तल्ले उस समय मेरे चारों भाइयों के नाम थे और नीचे का तल मेरी माँ के। बाबूजी के हिसाब से इससे ज़्यादा तो नए वक़्त की माँग हो ही नहीं सकती थी, पर क्या यह सच सिद्ध हुआ?

जैसे ही बड़े भैया ने मज़े का पैसा कमा लिया, उन्होंने अपना तल्ला मेरे मँझले भाई को बेच दिया और उस मकान के लम्बे-चौड़े 'ड्राइव-वे' से ज़मीन का एक बड़ा टुकड़ा भाइयों से ख़रीदकर उस पर अपना निजी बँगला बना लिया।

बहुत पढ़ी-लिखी न होने के बावजूद राधिका में एक गहरी 'स्ट्रीट स्मार्टनेस' थी। स्त्री-बैठकों में उसकी चतुराई के चर्चे यों होते—'अरे भई! वह तुम्हारी आँख का काजल तक निकालकर ले जाएगी और तुम्हें पता भी नहीं चलेगा।' अब ऐसी राधिका चुप कैसे बैठती? हवाई क़िलों के बाशिन्दे मुकुन्द में सिवा इसके कि वह अपने अति प्रेम के कारण राधिका का कहा कभी नहीं टालता था। और तो कोई 'आणी-जाणी' थी नहीं, इसलिए यह पता चलते ही कि इस साझे के मकान वाली जगह के दाम अनाप-शनाप हो गए हैं, उसने भी अपना हिस्सा तत्कालीन क़ीमत पर मेरे सँझले भाई को बेच दिया और उस समय की दूर, पर आज की पास, एक ख़ासी बड़ी ज़मीन मय एक खँडहर मकान के ख़रीद ली। बुद्धिमान राधिका ने मुकुन्द के पुराने 'इन्वेस्टमेंट्स' की बिक्री से आई रक़म और इस रद्दो-बदल से प्राप्त अर्थ को अच्छे ब्याज पर लगा दिया। राधिका की सहजबुद्धि से उपजी इन छोटी-मोटी कारीगरियों के कारण उनके घर की गाड़ी आराम से चलने लगी।

राधिका के बच्चे न केवल देखने में ही राजकुँवरों-से थे, बल्कि बुद्धिमान भी थे। बड़े बेटे शशि में तो बाप के सारे गुण थे, सिवा मूर्खता भरे सीधेपन के। जब वह इधर-उधर लुढ़क-पुढ़ककर टकराता हुआ बड़ा हो रहा था, तभी उसकी समझ में आ गया था कि यहाँ उसका कोई भविष्य नहीं है। इसलिए दसवीं का इम्तहान देते ही एक रात वह बिना किसी को बताए न्यूयॉर्क का टिकट कटाकर दिसम्बर की कड़कड़ाती ठंड में 'ठिरता' हुआ अपने एक दोस्त के दरवाज़े पर जा खड़ा हुआ। जिस लड़के के पेट में खाना नहीं, हाड़ तक जमा देनेवाली सर्दी में बदन पर ऊनी कपड़ा नहीं, उसी लड़के शशि ने अपनी कर्मठता के ऐसे परचम फहराए कि उसके संघर्ष और सफलताओं पर अलग से एक आख्यान की रचना हो सकती है। वह सुबह से रात तक अख़बार से लेकर कैंडी बेचने, पिज़्ज़ा डिलिवरी, वेटरगीरी अर्थात् जो भी काम मिला, करते हुए! पहले ख़ुद एम.बी.ए. हुआ। फिर उसने अपने दोनों छोटे भाइयों को भी वहीं बुला लिया और उन्हें भी एम.बी.ए. करवाकर इस क़ाबिल बना दिया कि वे न्यूयॉर्क में रहने-खाने लायक हो जाएँ।

इधर मुकुन्द क्रमशः नीम-पागल के साथ-साथ 'एलज़ाइमर्स' और 'डिमेंशिया' बीमारियों के कारण पूरी तरह शय्याशायी हो गया। हालाँकि शशि विदेश से पैसे भेजने में बिलकुल कोताही नहीं करता था, पर सँभाल पूरी तरह राधिका के ही ज़िम्मे थी। इन्हीं परिस्थितियों से रचा-बुना हुआ अठारह वर्ष का लम्बा अरसा धीरे-धीरे रिसता हुआ बीत गया, पर विधि की मार देखिए! मुकुन्द की सार-सँभाल की कर्ता-धर्ता राधिका जब अपने दोनों घुटनों का ऑपरेशन करवाने शशि के पास अमेरिका गई हुई थी, उसी समय मुकुन्द की मृत्यु हो गई और उसके साथ ही उठ खड़ा हुआ अफ़वाहों का बवंडर! पहली अफ़वाह तो यह कि उस बियाबान पुराने बँगले से जिस व्यक्ति ने घरवालों को मुकुन्द की मृत्यु की सूचना दी थी, वह उनका कोई सगा नहीं था। दूसरी यह कि वह भद्र पुरुष सालोसाल से राधिका के साथ मुकुन्द को सँभाल ही नहीं रहा था, बल्कि राधिका के एकाकी जीवन का साथी भी था।

मुकुन्द के चौथे के अनुष्ठान पर जब मेरे घरवाले राधिका के चरित्र पर कीचड़ के मोटे-मोटे छींटें उछाल रहे थे, तब मैं चुप नहीं रह सकी और मैंने अपने घर की तीन पीढ़ियों के दाग़-दग़ीले चरित्रों के बखिए उधेड़कर धर दिए। उन प्रसंगों में मात्र पुरुष-चरित्र ही नहीं, हमारे यहाँ के स्त्री चरित्र भी शामिल थे। मेरी दलीलों में इतनी सत्यता और वज़न था कि सबने राधिका और उसके पुरुष-मित्र को स्वीकार कर लिया।

तभी एक विचित्र घटना घटी। हुआ यों कि शशि-राहुल आदि जब वह घर बन्द करने गए, तो पता चला कि राधिका के एक ही पुरुष-मित्र नहीं हैं, बल्कि यह संख्या एकाधिक है। यह बात सुनते ही शशि एकबारगी तो एकदम ही बिफ़र गया, लेकिन शान्त होने के बाद उसने अपनी माँ को बहुत ही सलीक़े से कहा, "माँ! आप अकेली इस जंगल में कैसे रहेंगी? मैं आपको परिवारवालों के पास एक सुविधाजनक फ़्लैट ख़रीद देता हूँ, आप उसमें आराम से रहिएगा।" लेकिन जब उस सिरफिरी राधिका ने उसका यह प्रस्ताव नामंज़ूर कर दिया, तो मेरे पीहर में ऐसा हंगामा बरपा कि एटम बम फूटने पर शायद जापान में भी नहीं बरपा होगा।

साठ-सत्तर लोगों के नुकीली जीभें और बत्तीस दाँतों वाले मुँह उसे काटने दौड़े, पर वह बन्दी निष्कम्प शिखा-सी थरथराई तक नहीं।

सच कहूँ, तो मुझे किसी भी तरह यक़ीन ही नहीं हो रहा था कि मेरी कम पढ़ी-लिखी मित्र राधिका इतने आत्मविश्वास से भरा हुआ निर्णय ले सकती है।

दो-एक दिन बाद मैं 'क्लीनिक' से जल्दी उठकर राधिका के यहाँ गई और मैंने उससे सहजता से कहा, "राधिका! सुनो ज़रा लोगों की बेसिर-पैर की बकवास! वे कह रहे हैं कि चूँकि तुम्हारा सम्बन्ध कई लोगों से है, इसीलिए तुम मध्य कलकत्ते वाले फ़्लैट में नहीं आना चाहती हो। राधिका! है न यह एकदम झूठ?"

लेकिन यह क्या? वह राधिका, जिसने ठीक से ग्रेजुएशन तक नहीं किया था, जिसने कभी फूटी कौड़ी भी नहीं कमाई थी, वही राधिका महापरिपक्वता,

महा–आत्मविश्वास, महागम्भीरता और महातटस्थता से भरे अनुद्विग्न स्वर में बोली, "तुमने ठीक सुना है, अर्चना! ये सारी बातें सही हैं।"

"क्या? क्या? तुम होश में तो हो? पता है तुम्हें कि तुम क्या बक रही हो?"

"देख अर्चना! होश में तुझे आना है, मुझे नहीं। जानना चाहती है, मैं ऐसा क्यों कर रही हूँ? है धैर्य? तो सुन पूरी बात : मुकुन्द अठारह वर्षों से पूरा और पच्चीस वर्षों से आधा पागल था।"

"हाँ!" मैंने हुँकारा भरा।

"इन नौ हज़ार एक सौ पच्चीस दिनों में उन्नीस लाख नौ हज़ार घंटे होते हैं और मिनटों में जिनका गुणनफल होता है, एक करोड़ इकतीस लाख चालीस हज़ार मिनट! तुम्हारी अचरज से फैली बड़ी आँखें मुझे दिख रही हैं, अर्चना! क्योंकि तुम जानती हो कि गणित से मेरा आँकड़ा सदा छत्तीस का रहा है। लेकिन अर्चना, यह हिसाब तो मैंने उन 'संवेदनशील' प्राणियों के लिए 'कैलकुलेटर' से निकाला है, जिनका दावा है कि वे करुणामय हैं! उनका मुझमें मोह है और वे मात्र मेरा भला ही चाहते हैं। चलो, मैं इसे ठीक मान लेती हूँ पर अब मेरा एक छोटा–सा प्रश्न : इन करोड़ों–लाखों मिनटों में मेरे ख़ून के रिश्तेदारों, मेरे सारे सम्बन्धियों और आत्मीय स्वजनों में से क्या किसी को भी, कभी भी, एक मिनट की फ़ुर्सत मिली कि वे मेरे मर्मान्तक कष्ट की सुध लेते? क्या किसी ने कभी, झूठे ही सही, यह कहा कि राधिका, हम जानते हैं, तुम्हारे तिल–तिलकर गलने की वेदना को! समझते हैं तुम्हारी व्यथा! तुम्हारा एकाकीपन! तुम्हारा उजाड़पन! कष्ट है हमें कि तुम भरी जवानी में एक ज़िन्दा लाश का बोझ ढो रही हो! हम तुम्हारी तकलीफ़ बाँटना चाहते हैं! बताओ, हम तुम्हारे लिए क्या करें?

"अर्चना! तुम्हारे भरे–पूरे परिवार में क्या कोई एक भी बन्दा ऐसा था, जिसे कभी मेरी याद आई? या मेरा दुख व्यापा?"

उसके इस उलाहने के प्रत्युत्तर में मैंने भी रुक्षता से कह दिया, "राधिका! तुम्हारी यह तोहमत बिलकुल ग़लत है। हम सब जानते हैं कि तुम्हारा बड़ा बेटा तुम्हें किस तरह सोने–चाँदी से तौलता था।"

"अर्चना, कहावत है ना! ग़रीब की क्या उदारता और अमीर की क्या कंजूसी! इसे दरअसल यूँ होना चाहिए : ग़रीब के लिए अमीर की कैसी उदारता? हक़ीक़त यह है कि जब आप याचक होते हैं, तो आपके कटोरे में एक पैसा भी टनटनाकर आवाज़ करता हुआ पूरे मुहल्ले में शोर मचा देता है। वैसे भी अर्चना, मनीऑर्डरों से दवा ख़रीदी जा सकती थी पर क्या उनसे मेरा दुख बाँटा जा सकता था? ठंडी अँधेरी रातों में एक लाश-सी भारी देह को ढोना कितना कठिन होता है, कभी यह जानने की कोशिश की उन मनीऑर्डर भेजनेवालों ने? और अर्चना तुम? तुमने ही मुझे क्या सुक़ून दिया? कभी-कभार फ़ोन पर हालचाल पूछने के अलावा क्या तुमने कभी मेरी कोई मदद की?

"कहने को तो तुम अपने डॉक्टरी जीवन की व्यस्तता का बहाना बना सकती हो, पर अपने दिल पर हाथ रख पूछो कि क्या तुमने कभी भी शिद्दत से मेरी पीड़ा को समझकर, मेरे लिए समय निकालना चाहा? अठारह वर्ष के लम्बे अरसे में क्या तुम कहीं घूमी-फिरीं नहीं? या किसी आमोद-प्रमोद में मशग़ूल नहीं हुईं? सच तो यह है कि रिश्तेदारों और आत्मीयों से भरी इस पूरी दुनिया में किसी के भी पास मुकुन्द और मेरे लिए ज़ाया करने को वक़्त नहीं था।"

मैं एक अपराधी की तरह सिर झुकाए राधिका के उलाहने चुपचाप सुन रही थी, क्योंकि उसकी व्यथा एकदम सही थी।

"अर्चना! मुझे ख़बर है कि तुमने मेरे एक पुरुष--मित्र को लेकर हुए विवाद में बहुत कड़े शब्दों और उदाहरणों से मेरे पक्ष में तर्क प्रस्तुत किए थे, जिनकी वज़ह से पूरे परिवार और मेरे बेटों ने उसे स्वीकार भी कर लिया था। मेरी अनुपस्थिति में भी तुमने मेरा इतना साथ दिया, इसके लिए आभारी हूँ, लेकिन जब मैं अमेरिका से स्वस्थ होकर लौटी, तो यह देखकर दंग थी कि किसी की भी आँख में मेरे लिए सहानुभूति का एक जल-कण तक नहीं था, बल्कि सबकी आँखें मुझे उस एहसान की गाथा सुना रही थीं, जिसका सम्बन्ध मेरे पुरुष-मित्र के स्वीकार्य से था। पैंतालीस वर्षों से मैं जिस पुरुष की पत्नी थी, जिससे मैंने बच्चे पैदा किए थे, जिसके

साथ मैं 'एका-एक' अकेले बीस वर्ष रही थी! वह मर गया है! मैं उसकी सद्य:विधवा हूँ! मुझ पर दुख का पहाड़ टूटा है! इसकी कहीं कोई 'ग्यान-गिनती' नहीं थी। जी भरकर रोने के लिए मैं जिन कन्धों को तरसती हुई, हज़ारों मील से यहाँ आई थी, वह कन्धा मुझे कहीं नहीं दिखा! दिखा तो सिर्फ़ यह कि देखो! हम कितने महान हैं कि हमने न केवल तुम्हें माफ़ कर दिया है, बल्कि तुम्हें एक फ़्लैट भी दान में दे रहे हैं।

"अर्चना! मैं पूछती हूँ, क्या मैं कोई वेश्या हूँ, जो मुकुन्द का शोषण करने उसके जीवन में आई थी? क्या मुझे उसका दुख-सुख नहीं छूता था? क्या वह मात्र मेरे प्रेम और सेवा की वजह से ही जीवित नहीं था? क्या यह कोई अनहोनी है कि मुझे उसके मरने का दुख सबसे ज़्यादा हो? अरे, पति मरा है मेरा! कुछ तो रहम करो मुझ पर!"

कहते न कहते राधिका ऐसा रोई कि आकाश भी क्या टूटकर बरसेगा! उसका सारा शरीर पत्ते की तरह काँप रहा था और सिर इस तरह हिल रहा था जैसे अभी ही दीवार से जा टकराएगा। मैं उसे धीरज बँधाने की कोशिश कर रही थी, पर उस दुबली-पतली काया में तो जैसे हज़ारों हाथियों का बल आया हुआ था।

उसकी बातों ने मेरे सामने एक बड़ा-सा आईना धर दिया था, जिसमें दाता भाव के अहंकार से भरे हम सबके विकृत चेहरे झाँक रहे थे। दानवी चेहरे थे हम सबके! जिनसे घिरी राधिका उस लुटी-पिटी राजकुमारी-सी दिख रही थी, जिसके वस्त्र तक हमने तार-तार कर दिए थे। उसकी लाल आँखें, भीगे माथे पर चिपके हुए बाल, चेहरे की निरीह दयनीयता उसके उन्मादग्रस्त मन और अनाथ भाव की एक चित्र-विचित्र तस्वीर प्रस्तुत कर रहे थे।

अचानक राधिका तड़पकर बोली, "अर्चना! जिस सफ़ाई की कभी ज़रूरत नहीं पड़ी थी, लगता है, आज वह घड़ी आ गई है। इसलिए पूरे ध्यान से सुनना : मैं, राधिका, भगवान को हाज़िर-नाज़िर मानकर, दसों दिशाओं और सारे ग्रह-नक्षत्रों की उपस्थिति में यह हलफ़ उठाती हूँ कि ये सारे पुरुष—रजत, मनीष, अभ्युदय, प्रतीक आदि मेरे अपने हैं! सगों से

भी कहीं ज़्यादा अपने। रिश्तेदार अपनी ज़रूरतों के लिए हमें खोजते हैं, पर ये न केवल मेरी ज़रूरतों, बल्कि मेरे हृदय में उठनेवाले प्रत्येक विकार के लिए भी अपनी जान लगा देते हैं। ये सब भारी-भारी डिग्रीवान हैं, और मेरे घर के सामनेवाले विश्वप्रसिद्ध संस्थान से पढ़कर निकले हैं। पढ़ने आए थे, तभी एक घर की तलाश में ये सब मेरे पास आए और फिर यही इनका घर हो गया। जीवन की सबसे अँधेरी रातें मैंने इन्हीं लोगों की दी हुई ऊष्मा से काटी हैं। मुकुन्द की बीमारी को झेलना हँसी-खेल नहीं था! मैं ऐसा कर पाई क्योंकि ये लोग मेरे साथ थे!

"शरीर की ज़रूरत और शारीरिक सम्बन्ध की बातें निहायत ही बचकानी और बेमानी हैं। मैं जीर्ण-शीर्ण काया की मालिक! सत्तर वर्ष की उम्र में मुझ पर ओछी तोहमतें लगानेवालों के दान दिए फ़्लैट में जाकर स्वयं को तबाह कर लूँ, यह किसी भी दृष्टि से सही नहीं होगा। मुझे अपने पक्ष में न तो कोई दलील देनी है और न ही मुझे ऐसे रिश्तों की ज़रूरत है, जो दया की मिट्टी से उपजे हों। अर्चना, मुझे झूठी सहानुभूति की नहीं, प्रेम और करुणा की ज़रूरत है और माफ़ करना अर्चना! जो मुझे कहीं भी नज़र नहीं आ रहे। मैं जैसी हूँ, सुखी हूँ! तुम सबसे अनुरोध है कि तुम लोग मुझे मेरे हाल पर छोड़ दो।

"अर्चना! मित्रता के नाते, तुम्हें एक निमंत्रण है : हम लोग आसपास के ज़रूरतमन्दों के लिए अपने बूते पर यहीं एक एन.जी.ओ. चलाते हैं। कभी समय मिले तो ज़रूर आना, अच्छा लगेगा।"

मैंने निर्वाक् आँखों से राधिका को देखते हुए सोचा—राधिका, आज तक मैं तुम्हें अपने प्रिय उपन्यास की नायिका की तर्ज़ पर 'रुकोगी नहीं राधिका' कहकर छेड़ा करती थी, पर आज कहती हूँ, 'रुकना नहीं राधिका!' बिना पीछे देखे, बिना मुड़े! बस आगे बढ़ती जाना! आगे... आगे...आगे...आगे...क्योंकि पूरी सृष्टि का सत्य तुम्हारे साथ है...

सुन्दर प्रतिशोध

मेरी समझ से देखने में सुन्दर, मेधावी, समझदार, चतुर, कर्मठ और महत्त्वाकांक्षी जयवर्द्धन मुले का कोई जोड़ मिलना एक असम्भव-सी बात थी। उसने अपने जीवन में कभी भी अव्वल से कमतर पर कोई समझौता नहीं किया, और उसकी ख़ासमख़ास ख़सूसियत यह थी कि वह अपनी महत्त्वाकांक्षाओं को बहुत ही ख़ूबसूरती से विनम्रता के अभेद्य आवरण से ढँककर रखना जानता था। उसके कम्प्यूटरी दिमाग़ में कई तरह के 'की-बोर्ड' फिट थे, जिनका इस्तेमाल वह सही वक़्त पर सही तरीक़े से करता था, मसलन—यदि किसी लड़की को लुभाना हो, तो कविता, शायरी और सुरुचिपूर्ण मज़ाक़ वाली 'की' पर ठक्। यदि किसी बड़े अफ़सर पर रोब जमाना है, तो राजनीति, अन्तर्राष्ट्रीय आँकड़े और आज के सामाजिक परिदृश्य की ख़बर देती 'की' का प्रयोग। किन्हीं विद्वान गुरुजन को अपने साधुत्व से प्रभावित करना है, तो व्यावहारिक जीवन में वेद, उपनिषद-वेदान्त आदि की महत्ता को स्थापित करते प्रवचनों की 'की'। अपने इसी तरह के लटके-झटकों से वह हर व्यक्ति को पूरी तरह मोह लेता था। आश्चर्यजनक ढंग से विश्वविद्यालय में कॉमर्स का छात्र होने के बावजूद वह एम.ए. (साहित्य) के सारे प्राचार्यों और लड़कियों का भी धीरोदात्त नायक था। साधारणतः हम मानते हैं कि कोई भी व्यक्ति एक साथ इतना भावुक, इतना व्यावहारिक, इतना दूरदर्शी, इतना समझदार अर्थात् कई-कई 'इतना' हो ही नहीं सकता, पर हम सब जयवर्द्धन को इस धारणा का अपवाद मानने के लिए बाध्य थे।

जब कोई आदमी इतना सुघड़-चतुर होगा, तो उसकी जानकारियों के पिटारे में ऊँचाई की ओर जाते ज़ीने की उन सीढ़ियों की फ़ेहरिस्त का

होना लाज़िमी होगा, जो उस सरीखे महत्त्वाकांक्षी की आकांक्षाओं को परवान चढ़ाने में सहायक होतीं और जयवर्द्धन जैसे समझदार को यह समझने में देर नहीं लगी कि मालती जोशी ऐसी ही एक मज़बूत सीढ़ी है।

मालती के पिता एक बड़ी अन्तर्राष्ट्रीय कम्पनी के प्रमुख थे और मालती उनकी इकलौती बेटी ही नहीं, उनका सब कुछ थी। उन्होंने ढेरों अरमानों से उसे पाल-पोसकर बड़ा किया था, और मालती ने भी उनके सपनों और लक्ष्यों की कसौटी पर स्वयं को खरा सोना सिद्ध किया था। वह एम.ए. (साहित्य) में फ़र्स्ट क्लास फ़र्स्ट आई थी, और 'गांधी का नारी विमर्श' विषय पर पी-एच.डी. कर रही थी। उसके जीवन का एकमात्र उद्देश्य ग़रीबों में शिक्षा का प्रचार-प्रसार करना था। माता-पिता के धार्मिक संस्कारों में पली-बढ़ी मालती, इस दुनिया के लन्द-फन्द से एकदम अपरिचित थी। यहाँ तक कि 'पुरुष-मित्र' शब्द भी उसकी कल्पना के बाहर का विषय था। उसकी दुनिया घर से शुरू होकर विश्वविद्यालय और पुस्तकालय तक पहुँचकर ख़त्म हो जाती थी। जिस प्रकार गणेश जी के लिए शिव-पार्वती ही सम्पूर्ण ब्रह्मांड थे, वैसे ही मालती के लिए भी उसके पिता और गुरु ही उसकी पूरी दुनिया थे। उनके कहने या इशारा करने के पहले ही वह उनके चेहरों के भाव से किसी भी कार्य की करणीयता समझ जाती थी और उसे पारित करने में जी-जान से जुट जाती थी।

मालती पर गिद्ध की तरह आँख लगाए जयवर्द्धन को उस घर में गुरु जी का महत्त्व समझते देर न लगी और उसने उसी क्षण उनके निकट आने का निर्णय कर लिया। विश्वविद्यालय में साहित्य की कक्षाओं में उसका आना-जाना होने के कारण वह निर्बाध रूप से प्राय: ही गुरु जी की कोई न कोई सेवा करता नज़र आने लगा और देखते ही देखते वह गुरु जी का मनचीता शिष्य बन गया।

मालती अपनी थीसिस की वजह से अक्सर ही गुरु जी के पास आती रहती थी और जैसा कि स्वाभाविक तौर पर होता है, गुरु जी उसके जाने के बाद जयवर्द्धन के सामने मालती की प्रशंसा करते न अघाते। एक दिन सही अवसर देखकर, अत्यधिक संकोच का नाटक करते हुए

जयवर्द्धन ने गुरु जी से अनुरोध किया कि उसे भी गुरु जी की यह सुलक्षणा शिष्या बहुत अच्छी लगती है, इसलिए यदि गुरु जी को उचित लगे, तो वे उसके पिता के सामने उसके विवाह का प्रस्ताव रख दें। साथ ही, उसने उन्हें अपना लम्बा-चौड़ा 'बायोडाटा' भी दे दिया। जैसा कि जयवर्द्धन को अनुमान था, गुरु जी के गुरुत्व से वज़नी हुआ उसका विवाह प्रस्ताव श्री दामोदर जोशी को कैसे अमान्य होता? वैसे भी सीधे रास्ते चलनेवाले मालती के पिता भला उसके छल-छन्द को क्या समझते? उनकी दृढ़ धारणा थी कि गुरु जी का प्रिय शिष्य होने के कारण वह अवश्य ही शिष्ट एवं सज्जन तो होगा ही और भगवान की कृपा से वह देखने में भी कामदेव जैसा है। यह सोचकर कि आज चाहे जयवर्द्धन रुपए-पैसे में कमज़ोर है, पर उसकी विद्या और उसका चातुर्य उसे अवश्य ही एक दिन उसे किसी बड़ी कुर्सी तक पहुँचा देगा, उन्होंने न केवल इस सम्बन्ध के लिए अपनी सहमति प्रदान कर दी, बल्कि पूरे मन से जयवर्द्धन को स्वीकार करते हुए, उसे अपना दामाद भी घोषित कर दिया।

किताबों की दुनिया में खोई मालती से कुछ पूछने की ज़रूरत तो नहीं थी, पर माँ का मन नहीं माना! इसलिए उन्होंने पति दामोदर जोशी से कहकर जयवर्द्धन को चाय पर बुलाया। कसी हुई एक चोटी और सफ़ेद साड़ी पहने जब मालती माँ की दी हुई चाय की ट्रे लिये, गुरु जी, अण्णा और जयवर्द्धन के सामने आई, तो उसकी सदा नीची रहनेवाली आँखें और भी नीचे झुकी हुई थीं। आँखों को बिना ऊपर उठाए ही मालती ने सबको चाय-नाश्ता परोस दिया और वापस जाने की अनुमति के लिए माँ की ओर देखकर वापस अपनी मेज़ पर जाकर अपना काम करने लगी। उसकी इस हरकत से ऐसा लग रहा था जैसे वह पौराणिक चरित्र वाचस्पति मिश्र का साक्षात् अवतार है, जिन्होंने सदियों पहले इसी तरह की सृजन-तल्लीनता के अनवधान में विवाह कर लिया था। लेखन की समाप्ति पर जब समाधि भंग हुई, तो उन्हें बहुत पश्चात्ताप हुआ और उन्होंने अपनी वह अमर कृति पत्नी के नाम कर दी। कौन जाने! उन्हीं की तरह मालती के लिए भी विवाह मात्र उन सोलह संस्कारों में से एक

था, जिनका पालन हर हिन्दू के लिए आवश्यक है। ऐसे में उसकी असहमति की गुंजाइश ही कहाँ थी!

क्षण मात्र भी गँवाए बिना जयवर्द्धन ने 'ग्लोबल मार्केटिंग' के एम.डी. श्री दामोदर जोशी के घर, प्रायः रोज़ ही, बड़े-बड़े गुलदस्तों के साथ प्रेम-पत्र भेजना शुरू कर दिया। उन पत्रों में रोमांस की इतनी अधिकता रहती थी कि मालती-सी बहुपठित लड़की भी उन पत्रों को सबसे छिपाकर किसी कोने में जाकर पढ़ती थी। देखते ही देखते उन पत्रों में न्यस्त प्रेमाभिव्यक्ति के कारण उस गम्भीरमना मालती का चेहरा एक ख़ास क़िस्म के नूर से दमकने लगा।

नरम-नाज़ुक मालती ने जब वरमाला पहनाने के लिए पूरी खुली आँखों से जयवर्द्धन को देखा, तो उसने अपने आराध्यदेव को अनेकानेक प्रणाम करते हुए उसे ऐसे 'सुदर्शन-सुपात्र' वर हेतु धन्यवाद दिया। उसे लगा जैसे प्रभु ने ऐसा सर्वगुण-सम्पन्न पति, उसके लिए चुनकर उसकी सारी मनोकामनाएँ पूरी कर दी हैं।

ख़ुशी का वारापार तो जयवर्द्धन का भी नहीं था, क्योंकि उसे साफ़ नज़र आ रहा था कि उसने सफलता की आठ-दस सीढ़ियाँ एक साथ फलाँग ली हैं और अब बस, थोड़ी देर, ज़ीने के मध्य मंच पर, विश्राम कर, उसे आगे की 'कूद' की प्रतीक्षा करनी है।

उसकी बिछाई हुई शतरंज की बिसात पर सारे मोहरे उसके हिसाब से चालें चल रहे थे और उसकी धारी हुई सारी नीतियाँ पारित हो रही थीं, इसलिए उसे अपनी सम्पूर्ण जीत पर ज़रा भी सन्देह नहीं था।

जोशी साहब की सज्जनता, कर्मठता, ईमानदारी, सहृदयता, उदारता आदि गुणों के कारण उनकी अपने फ़र्म में इतनी अधिक साख थी कि विवाह होते न होते जयवर्द्धन को उसी फ़र्म में मात्र इसी 'बिना' पर कि वह जोशी साहब का ख़ास आत्मीय है, एक बड़ी नौकरी मिल गई। जैसा कि अनुमानित था, जयवर्द्धन ने वहाँ भी कुछ ही दिनों में सबको मोह लिया।

इधर जयवर्द्धन के प्रगल्भ प्रेम से ओत-प्रोत मालती पृथ्वी की तरह, सूर्यरूपी जयवर्द्धन के चारों ओर घूमने लगी। उसकी सुबह-रात, खाना-

पीना, पढ़ना-लिखना, सोना-जागना आदि सारी क्रियाएँ केवल और केवल जयवर्द्धन से जुड़ गई थीं।

जयवर्द्धन के लिए अब प्रतीक्षा करने की घड़ियाँ ख़त्म हो गई थीं और अवसर आ गया था कि वह मालती रूपी सीढ़ी का तेज़ी से अन्तिम इस्तेमाल कर ले। उसके सोचने भर की देर थी कि विश्वविद्यालय से लेकर जोशी जी के घर और पूरी ऑफ़िस में मालती के माँ बनने का शुभ समाचार प्रसारित हो गया।

मैनेजिंग डायरेक्टर जोशी के जीवन में नाती राज्यवर्द्धन का आगमन! न केवल उन्हें उनका बचपन लौटा रहा था, बल्कि सीधी-शान्त मालती की जगह अब एक रूपवान चुलबुला देवदूत आकर अहर्निश उनके मन-प्राण को प्रफुल्लित कर रहा था। अतीत में कभी भी छुट्टियाँ न लेनेवाले जोशी जी अब अपनी सारी जमा छुट्टियाँ लेकर, राज्यवर्द्धन के साथ कभी समुद्रों में गोताख़ोरी, तो कभी 'डिज़्नेलैंड' की रोमांचक सवारियों पर झूले झूलते दिखाई देने लगे।

उनके ये लक्षण जयवर्द्धन की शतरंजी बिसात के 'प्यादे' के 'अमर' हो जाने के आसार थे। एक दिन सही वक़्त जानकर जयवर्द्धन ने अपने शब्दों में बहुत ही प्रेम, माया और श्रद्धा की चाशनी घोलते हुए जोशी जी से कहा, "अण्णा! मैं जानता हूँ कि आपकी सेवा-निवृत्ति में अभी पाँच-छह साल बाक़ी हैं, और आज तक आपने तन-मन से केवल ऑफ़िस का ही काम करते अपना जीवन बिता दिया है। कर्मठता और कर्तव्यबोध की अद्‌भुत मिसाल हैं आप! इसलिए अब आपने इतना अधिकार तो अर्जित कर ही लिया है कि उम्रदराज़ और अशक्त होने के पहले आप अपने नाती के साथ पूरी दुनिया की घुमक्कड़ी कर लें। अभी तो राज्यवर्द्धन छोटा है, इसलिए आप उसके साथ चौबीसों घंटे मसख़री, छेड़ख़ानी, मान-मनौवल आदि कर सकते हैं, पर बड़ा होने पर तो उसके जीवन में भी स्कूल, कॉलेज, उच्च्च शिक्षा हेतु विदेश गमन आदि की व्यस्तताएँ बढ़ती जाएँगी, इसलिए ज़रूरी है कि आप अपने आयामों को विस्तार दें और अभी से उसके साथ एक मित्र जैसी घनिष्ठता कर लें।"

'ऐसा कैसे करूँ?' पूछने पर अब तक उनका मार्गदर्शक, मित्र, शुभचेता गुरु आदि सब कुछ बन चुके जयवर्द्धन ने बेहिचक कहा, "वह सब आप मुझ पर छोड़ दीजिए।"

इस बात को अभी महीना भर भी नहीं गुज़रा था कि एक दिन हाथ में क़ाग़ज़ों और चित्रों का एक बड़ा-सा पुलिन्दा लिये हुए जयवर्द्धन बच्चों की तरह ख़ुशी से चहकता हुआ आया और उत्साह भरी ऊँची आवाज़ में पूरे परिवार को खाने की मेज़ पर आने का न्योता देकर उसने हाथ के काग़ज़ों को मेज़ पर फैला दिया और सबको विश्व के एक से एक लुभावने रमणीक स्थानों के रंग-बिरंगे चित्रों से भरे हुए काग़ज़ दिखाना शुरू कर दिया। आश्चर्यजनक ढंग से उसने न केवल मालती, राज्यवर्द्धन, दामोदर जोशी और माँ ज्योत्स्ना जोशी की विश्व-भ्रमण के टिकट कटवा दिए थे, बल्कि सबके वीज़ा के साथ ही वह होटलों और टैक्सियों तक की बुकिंग भी करवा चुका था।

उसकी लम्बी-चौड़ी योजनाओं की उड़ान को देखकर अनुभव-सिद्ध दामोदर जोशी तक चौंधिया गए थे, और उसे बार-बार साधुवाद दिए जा रहे थे। राज्यवर्द्धन का उत्साह तो क़ालीन, सोफ़ा, पलंग आदि से उछलकर छत के पार जा रहा था। ज्योत्स्ना आई के चेहरे से भी 'सन्तति सुख' का सन्तोष झरा पड़ रहा था। यहाँ तक कि धीर-गम्भीर और शान्त स्वभाव वाली मालती भी इस बात से ख़ासी ख़ुश थी कि चलो! किसी ने तो 'अण्णा-आई' के बारे में भी सोचा।

जब जोशी जी ने इस बड़े ख़र्चे और ऑफ़िस से तीन महीने की छुट्टी मिलने की सम्भावना पर प्रश्न करने के लिए मुँह खोला, तो जयवर्द्धन ने उन्हें एक आश्वासन भरी भंगिमा से शान्त रहने का इशारा किया और उनकी सारी चिन्ताओं का जवाब इस तरह दिया, "अण्णा! मैंने अपनी फ़र्म के चेयरमैन से बात करके उन्हें समझा दिया है कि आप 'स्वैच्छिक सेवा निवृत्ति' चाहते हैं, और चूँकि मैं आपका जूनियर हूँ, इसलिए वे मुझे एम.डी. का पद देने को राज़ी भी हो गए हैं। इस तरह आपको अभी ढेरों-ढेर रुपए तो मिलेंगे ही! मेरी मार्फ़त आपकी पूरी की

पूरी तनख़्वाह भी घर में आती रहेगी। आप लोगों की विश्व-यात्रा के पीछे से मैं इस घर का रंग-रोग़न करवाकर एकदम ठीक करवा दूँगा, ताकि आपको ज़रा भी ज़हमत न करनी पड़े! क्यों ठीक है ना, अण्णा?''

इसके पहले कि भौचक-से जोशी साहब कुछ बोल पाते, उनकी आँखों का तारा राज्यवर्द्धन कूदता-फाँदता हुआ ज़ोर-ज़ोर से कई तरह के नारे लगाने लगा, ''पापा ज़िन्दाबाद! पापा, लव यू! पापा वाओऽऽ, व्हाट ए लवली प्रोग्राम! नाना थैंक्स! थैंक्स ए लॉट!''..

जोशी साहब ने अपनी ज़माना देखी आँखों से चारों ओर नज़रें घुमाकर देखा और अभिमन्यु की तरह ही अपने भावी को अंगीकार कर लिया। उन्होंने आहिस्ता से क़लम उठाकर सामने पड़े काग़ज़ों पर दस्तख़्वत कर दिए और अपने कमरे में जाकर सोचने लगे, 'आख़िर मैं इतना घबरा क्यों रहा हूँ? यदि ऐसा करने से मेरी इकलौती बेटी का संसार ख़ुशहाल होता है, तो इससे ज़्यादा मुझे क्या चाहिए?' लेकिन क्या हमेशा वही सही होता है, जैसा मनुष्य सोचता है? या... ?

जयवर्द्धन प्रतिदिन सबसे फ़ोन पर लम्बी-चौड़ी बातें करता और कहता, ''मालती! मैं तुम्हारे विरह में सूखकर काँटा हो गया हूँ।''

वही जयवर्द्धन तीन महीने की 'दिसावरी' से लौटने पर राज्यवर्द्धन तक को कुछ अनमना-सा लगा, लेकिन कुछ ही क्षण बाद, सबकी मनःस्थिति को भाँपकर, तुरन्त उस चार सौ बीसी के सरताज जयवर्द्धन ने दिल खोलकर अपनी मोहक मुस्कराहट से सबका स्वागत किया! मेज़ पर सुस्वादु भोजन सजवाया और उनके यात्रा-अनुभवों का साझा ख़ुशी ज़ाहिर करती हुई भारी-भरकम शब्दावली से किया। उसकी चतुराई से 'चित' वे चारों उसके अनमनेपन को अपना मति-भ्रम मानकर पहले की तरह आश्वस्त हो गए और जयवर्द्धन पर 'बलि-बलि' जाने लगे।

जोशी परिवार के दिन पहले से भी ज़्यादा ख़ुशगवार हो गए थे। लगता था, जैसे फ़िज़ा में वसन्त ही वसन्त नुमायाँ हो गया है। घर का पूरा वातावरण भी बालसुलभ चपलताओं से भरकर हर वक़्त चहचहाने लगा था। जोशी जी ने जब अपने दफ़्तर में भी जयवर्द्धन के परिश्रम और

समझदारी की गौरवगाथाएँ सुनीं, तो उन्होंने एक बार फिर सही उत्तराधिकारी देने के लिए ईश्वर को कृतज्ञता ज्ञापित करते हुए अनेकानेक प्रणाम किए।

नाचता-कूदता समय नदी के पानी-सा बह रहा था कि अचानक एक दिन जयवर्द्धन ने अण्णा और आई के पैर छूने के बाद उन्हें 'गणपति बप्पा' के प्रसाद का डिब्बा पकड़ाते हुए कहा, "आप लोगों के आशीर्वाद से मैंने अमुक मोहल्ले में एक बँगला किराए पर ले लिया है।"

यह कहने पर कि इतनी दूर नया घर लेने की क्या आवश्यकता थी और बिना राज्यवर्द्धन के हम बूढ़ा-बूढ़ी क्या करेंगे, उसके पास समुचित उत्तर तैयार थे, "अब समय आ गया है अण्णा! कि मैं और मालती भी घर बसाना सीखें। फिर नया घर मालती के विश्वविद्यालय और मेरे ऑफ़िस के क़रीब भी है। रही बात राज्यवर्द्धन की, तो वह सप्ताह के सात दिन तो यहाँ रहेगा ही, केवल शनिवार-रविवार को यदि उसकी इच्छा हुई, तो वह वहाँ चला जाएगा, या मैं और मालती यहाँ आकर आप सबके साथ रह लेंगे।" उसने ये सारी बातें इतनी मिठास और युक्ति-युक्त ढंग से प्रस्तुत कीं कि सबने बिना कोई प्रश्न या सन्देह किए उन्हें सहजता से स्वीकार लिया।

लेकिन वह ठहरा जयवर्द्धन! आरम्भ से ही जो पूरी चतुराई से शतरंज का खेल खेल रहा था, उसका कोई भी कृत्य सादा और सरल कैसे हो सकता था! नए घर में जाने के दूसरे दिन ही उसने ऑफ़िस से आते ही ख़ूब प्रेम से मालती की आँखें मूँदकर कहा, "मैं अपनी मुट्ठी में तुम्हारे लिए एक आश्चर्य बन्द करके लाया हूँ, बूझो तो वह क्या है?"

भली-मानस मालती ने गद्गद स्वर में कई नाम गिनाए, पर सब व्यर्थ! अन्ततः बड़ी ज़द्दोज़हद के बाद पता चला कि जयवर्द्धन ने उसे एक बड़ी जीवन बीमा पॉलिसी उपहार-स्वरूप भेंट की है।

मालती ने कहा भी, "इस ख़र्च की क्या ज़रूरत थी? मेरा असली बीमा तो तुम्हीं हो।"

सुनकर उस चतुर-सुजान ने उत्तर दिया, "इसीलिए तो मैं तुम्हारी इतनी सँभाल रखता हूँ! क्योंकि तुम्हारी सुरक्षा करना मेरा पहला और अन्तिम धर्म जो ठहरा!"

इन दिनों अक्सर विश्वविद्यालय से लौटने पर मालती देखती कि उसका बिस्तर सिलवटों से भरा हुआ है, 'सिंक' में जूठे काँच के गिलास, कप, प्लेट आदि पड़े हैं। जयवर्द्धन से इस बारे में कुछ भी पूछने पर वह तमककर जवाब देता, "मालती! क्या हो गया है तुम्हें? एक तो तुम घर को बिना ठीक-ठाक किए चली जाती हो, ऊपर से बात-बेबात छुट्टी बाई के काम में ऐबजोई करती रहती हो।"

मालती उसकी बातों के झाँसे में आकर इन सब को अपना झूठा वहम मानकर शान्त हो जाती, लेकिन जब 'स्त्री मालती' की छठी ग्रन्थि उसे बार-बार आगाह करने लगी, तो अचानक एक दिन वह भरी दोपहर में घर आ गई और उसने जयवर्द्धन को उसकी 'फ़ैशन मॉडल' प्रेमिका के साथ अपने बिस्तर पर पाया। मालती हतप्रभ और हक्का-बक्का-सी अपनी फटी आँखों से उन्हें एकटक देखे जा रही थी कि उस पक्के कपटी जयवर्द्धन ने सैकड़ों अद्भुत बहानों से मालती के सामने अपनी निष्कपटता सिद्ध कर दी।

जयवर्द्धन को विश्वास हो चला था कि अब उसका 'प्यादा' 'अमर' हो गया है और उसकी जीत अवश्यम्भावी है। शिखर पर पहुँचे विजेता की तरह अब उसके लिए मालती रूपी सीढ़ी बेकार हो गई थी, इसलिए महामतलबी जयवर्द्धन अब रात-दिन मालती रूपी व्यर्थ वस्तु से छुटकारा पाने के उपाय ढूँढ़ने लगा।

इन दिनों जयवर्द्धन इतना ढीठ और बदतमीज़ हो गया था कि एक दिन दुनिया भर की पीने के बाद, पहले तो वह महाबेशर्म की तरह मालती की मित्र सुहासिनी और अपनी मॉडल प्रेमिका की मौजूदगी में भद्दे-भद्दे मज़ाक़ और अश्लील बातें करने लगा; फिर कुछ ठहरकर वह मालती की ओर मुख़ातिब होकर बोला, "मालती! तुम इतनी भली क्यों हो? जानती हो, अति भलापन भी एक तरह की मूर्खता ही है। मालती, सच पूछो तो मुझे तुमसे कोई शिकायत नहीं है! पर क्या करूँ? तुम मेरा मन भरने में पूर्णतः अक्षम हो। सोचता हूँ, आज तुम्हें एक सत्य बात बता ही दूँ। हक़ीक़त यह है मालती कि तुम मेरे लिए मेरी उच्च-स्तरीय सफलता का एक ज़रिया मात्र थीं।"

राज्यवर्द्धन की ओर देखती हुई मालती की आँखों में छिपे अनुरोध को, बिना कहे ही, समझकर वह कहने लगा, "अपने नाम के अनुकूल ही राज्यवर्द्धन भी मेरे लिए शिखर की सबसे ऊँची फलाँग का एक प्लेटफ़ॉर्म मात्र ही था। मालती! तुम मुझे यों पथराई-सी क्यों देख रही हो? भई! मैं एक साधारण-सा आदमी हूँ, और हर साधारण आदमी की तरह अपने ही भले की सोचता हूँ। मेरे पास तुम लोगों की तरह 'मूल्यों' और 'सरोकारों' जैसी बड़ी-बड़ी बातें करने का न तो समय है, न ही उनमें आस्था। इसलिए अच्छा यही है कि तुम मुझे मुक्ति दे दो; क्योंकि मुझे तो तुमसे क़ानूनन छुटकारा मिलेगा नहीं।" इतना कहकर वह 'हो-हो!' कर बुरी तरह हँसने लगा। मालती ने इन बातों को नशे में की गई बकवास सोचकर उस पर ध्यान नहीं दिया। पर मालती के सोचने से क्या होता है?

इन दिनों कभी छत पर से कपड़े लाती मालती की काठ-सीढ़ी अपनी जगह से सरककर उसे ज़मीन पर पटक देती! तो कभी कमरे का पंखा छत से टूटकर पलंग पर आ गिरता और कभी पूरा घर गैस की गन्ध से भरा होता। इन सब घटनाओं से मालती भीतर ही भीतर थोड़ा डर तो गई थी, पर आज भी जयवर्द्धन में अदम्य विश्वास होने के कारण और इस उम्र में अण्णा-आई को परेशान न करने के अभिप्राय से वह शान्त रहती।

एक दिन जब बातों-बातों में मालती ने सुहासिनी से इन घटनाओं का ज़िक्र किया, तो सुहासिनी को शक हो गया कि हो न हो जयवर्द्धन उसे मार डालना चाहता है और उसकी इस धारणा पर बीमा पॉलिसी वाली बात से मुहर भी लग गई। वह मालती को यह बात बताने ही जा रही थी कि तभी उसे मालती की माँ की नौकरानी दिखाई पड़ गई। 'रामरमी' के बाद उसने 'बाई' से कहा, "सुशीला! जब ये लोग विदेश गए थे, तब तो तुम्हारे ख़ूब मज़े रहे होंगे? काम से एक लम्बी छुट्टी जो मिल गई थी, तुम्हें! क्यों?"

"अरे! कैसी छुट्टी ताई? मैं तो सारा दिन जँवाई बाबू के मेहमानों की 'ख़ातरी' में ही लगी रहती थी।"

सयानी सुहासिनी ने, कुरेद-कुरेदकर पूछने पर, विस्तार से जो कुछ बताया, वह इस बात की गवाही दे रहा था कि अब जयवर्द्धन पूरी तरह

ग़ैर-लाइन हो गया है और अपनी रँगरेलियों के लिए किसी भी हद तक जा सकता हैं।

सुशीला के इक़बालिया बयान से सुहासिनी और मालती को साफ़ समझ में आ गया था कि अब जयवर्द्धन का एकमात्र लक्ष्य मालती को रास्ते से हटाना है। सारी सच्चाई पारदर्शी शीशे की तरह साफ़ हो गई थी। यह सच जानते ही मालती पहले तो आँधी में थरथराते पत्ते-सी काँपी और फिर जड़वत् पत्थर होकर रास्ते पर ही बैठ गई। उसकी आँखों के सामने एक-एक कर सीढ़ी, पंखा, गैस आदि तैरने लगे और वह घायल चिड़िया-सी छटपटाने लगी।

ठसकेवाली सुहासिनी, जब उसे दिलासा देती हुई बोली, "मालती देखना! मैं उसे छोड़ूँगी नहीं।"

तो हाय रे सती-पत्नी का प्रेम! वह तड़पकर बोली, "सुहासिनी! मैं तुम्हारे पैर पड़ती हूँ, चाहे तुम मृत्यु से उसका साक्षात्कार करवा देना, पर वादा करो कि तुम उसको मारने की सोचोगी भी नहीं! समझी?"

हक़ीक़त है कि सुहासिनी ने अपने वचन की पूरी रक्षा की।

एक दिन यह ख़बर सुनकर कि मालती पास के गाँव में अपनी मौसी के यहाँ गई है, जयवर्द्धन रात गए अपनी प्रेमिका से इठलाकर छेड़ख़ानी करता हुआ घर में घुसा। उसकी कमर में एक हाथ डाले हुए जब उसने उसे बेडरूम में ले जाने की गरज़ से दरवाज़े के पास के 'स्विच' को ऑन किया, तो बत्ती जलने के साथ ही 'भक्क' से आग की एक भयंकर लपट उसे और 'मॉडल शालिनी' को बुरी तरह झुलसा गई।

जब पुलिस ने इस मामले की छानबीन की, तो इस नतीजे पर पहुँची कि दुर्घटना के हलकेपन से साफ़ ज़ाहिर है कि, चार गैस चूल्हों में से एक चूल्हा, भूल से, चालू रह गया था, और इसलिए केस को रफ़ा-दफ़ा कर दिया गया।

त्वचा की मात्र ऊपरी परतें जलने के कारण जयवर्द्धन, चेहरे पर हुए दाग़ों के सिवा, जल्दी ही स्वस्थ हो गया। हालाँकि लोग-बाग इस घटना के पीछे छिपी मंशा के बारे में तरह-तरह के क़यास लगाने की कोशिश

कर रहे थे, पर जयवर्द्धन ने अपनी इज़्ज़त बचाने के लिए पुलिस या क़ानून की मदद लेना तो दूर, इस घटना को ही पूरी तरह दबा दिया।

अण्णा दामोदर जोशी को जब मालती की बीमा पॉलिसी के बारे में पता चला, तो उन्हें भी पक्का विश्वास हो गया कि जयवर्द्धन मालती की जान लेना चाहता था। इसलिए जब वह तलाक़ के काग़ज़ों पर दस्तख़त करने से ना-नुकर करने लगा, तो उन्होंने उसे नौकरी से निकलवाने और पुलिस में पकड़वाने की धमकी देकर मालती को पूरी तरह से उसके शिकंजे से छुड़ा लिया।

मालती का बेटा राज्यवर्द्धन सर्वगुण-सम्पन्न और शिष्ट तो था ही, उसका रूप और उसकी प्रतिभा भी अप्रतिम थी। बड़ा होकर उसने दसवीं के फ़ॉर्म में अपना नाम भरा 'राज्यवर्द्धन मालती जोशी' और अपने सद्गुणों से अपनी माँ और नाना का नाम रोशन करने लगा। अनेकानेक सुपात्रों ने आगे बढ़कर मालती का हाथ थामना चाहा, पर मालती के हृदय में अब पिता और बेटे को छोड़कर किसी और पुरुष के लिए जगह ही कहाँ बची थी!

अपने आगामी जीवन में मालती ने भी विश्वविद्यालय के 'डीन' आदि उच्च पदों को सुशोभित कर सफलता के शिखर चूमे। पर उसकी राह टेढ़ी-मेढ़ी और रक्तरंजित न होकर सीधी-सपाट और सच्चाई के फूलों से भरी थी। उसने अपनी सात्त्विक सफलता से सिद्ध कर दिया कि मनुष्य को केवल न्यायोचित प्राप्य की ही आकांक्षा करनी चाहिए।

सुनने में आया है कि दम्भी जयवर्द्धन उन दाग़ों से कभी मुक्त नहीं हो पाया, इसलिए वह अपने परिचितों की दृष्टि-परिधि से कहीं दूर चला गया।

घोंघा प्रसाद

घोंघा प्रसाद समय से पहले ही धरती पर आ धमका था।

उत्तरा ने जिस तरह अभिमन्यु को पेट में बहुत सिखाया-पढ़ाया था, उसी तरह उसकी माँ ने भी उसे बहुत समझाया, "देख बेटा, शुकदेव इसलिए परम ज्ञानी बने, क्योंकि वे माँ के गर्भ में सोलह वर्ष तक बैठे रहे, और एक तू है कि सतमासिए की तरह कमज़ोर पैदा होना चाहता है। बेटा, वैसे भी यह दुनिया हम ग़रीबों के लिए कोई ख़ूबसूरत जगह न होकर काँटों, विष-बेलों और दरिन्दों से भरा एक ऐसा नरक है, जिसमें आना हमारी नियति है, पर जी पाना, वह उन ऊपर वालों के हाथ में है, जो हाथीदाँत की मीनारों में बैठे हैं। बेटा, कहा मान, माँ के अनुभवों को सच जान, और मेरे गर्भ के सुरक्षा-कवच में कुछ दिन और रह ले।"

पर क्या नई पीढ़ी ने कभी पुरानी पीढ़ी का कहा माना है, जो वह मानता?

माँ की मनुहार ने घोंघा को और भी ज़िद्दी बना दिया और वह कोख से बाहर आने के अपने समय को बदलकर उसी वक़्त इतनी तेज़ी से ज़मीन पर आया कि उसके कमज़ोर हाथ-पाँव टूटते-टूटते बचे।

बेचारी माँ ने सिर पीटने के बाद, तुरन्त उसकी गरम तेल से मालिश की और उसे अपने से चिपकाकर उसके नरम शरीर को गरमाई देने लगी। लेकिन घोंघा को 'जक' नहीं पड़ रही थी। वह जिस रंग-बिरंगी दुनिया की बातें माँ के पेट में पड़ा-पड़ा सुनता रहता रहा था, उन सबको वह तुरन्त अपनी आँखों से देखना चाहता था। इसलिए वह कूदकर तालाब किनारे की घास से बाहर सीमेंट की पटरी पर आ गया।

अपने पूरे शरीर को शंख के कड़े कवच से ढके घोंघा अपनी आँखें फाड़े झूमते दरख़्त, चहचहाती चिड़ियाँ, कूकती कोयल, बारिश और सतरंगी इन्द्रधनुष को देखे जा रहा था कि 'भड़ाक' की आवाज़ के साथ उसे ज़ोरों की ठोकर लगी। उसने मुश्किल से अपनी आँखें और सिर को बचाया और किसी तरह घिसटता-सा वापस अपनी माँ की गोद में जा दुबका। तभी उसके कानों ने एक मालिकाना हुक्म सुना, "माली, क्या तुम सारे टाइम सोते रहते हो, जो हम लोगों की सैर के समय भी यह पट्टी साफ़ नहीं कर सकते? ज़रा आँख खोलकर देखो, यहाँ कितने 'घिनौने घोंघे' फैले पड़े हैं। लगता है, मुफ़्त की रोटियाँ तोड़ने के सिवा तुम ज़रा भी हाथ-पाँव नहीं हिलाते। माली, तुम्हें शर्म से डूब मरना चाहिए।"

माली बेचारा! जिसकी हैसियत घोंघे-सी ही थी, 'हाँ हुज़ूर! हाँ हुज़ूर!' करता मरा जा रहा था, पर उसके मालिक का कठोर चेहरा ज़रा भी नहीं पिघल रहा था। माँ की गोद से सब कुछ देखते-सुनते घोंघे को उसकी इस घिघियाती 'हाँ-हुज़ूरी' पर बहुत ग़ुस्सा आ रहा था। उसके हिसाब से तो उसे जवाब देना चाहिए था, "साहब! ख़ैर, वह तो घोंघा था, पर आप तो चार आँखोंवाले बड़े आदमी हैं, क्या आप देखकर नहीं चल सकते थे?"

घोंघी माँ उसके क्रोध को शान्त करने के लिए उसके बदन को पपोलती हुई बोली, "अभी तू बच्चा है, अक्ल का कच्चा है, इसीलिए ये सब 'नक्सली' बातें सोच रहा है। बेटा, जब तुझे भी ऐसे ही लगातार ज़माने की ठोकरें खानी पड़ेंगी, तो तेरा यह ग़ुस्सा, एक गहरी उदासी में बदल जाएगा और तू इन ठोकरों से टूटे हुए अपने हाथ-पैरों की मरम्मत करता हुआ, इन्हीं बड़े लोगों की जी-हुज़ूरी में जा खड़ा होगा, जैसे आज यह माली घोंघा खड़ा है। बेटा, इस माली का वर्तमान ही तेरा भविष्य है।"

"क्यों? क्यों? मैं बड़ा होकर उस चार आँखोंवाले बूटधारी जैसा क्यों नहीं बन सकता? क्या कमी है मुझमें? अच्छे-अच्छों से ज़्यादा बुद्धि है और दुनियादारी की समझ भी इन लोगों से मीलों आगे है। फिर मैं उन-सा क्यों नहीं हो सकता?"

उसकी खरी, पर कड़वी बातें सुनकर डरी हुई घोंघी माँ ने पहले तो चारों तरफ़ नज़रें घुमाकर देखा कि कहीं किसी ने उसकी बातें सुन न ली हों और फिर उसे खींचते हुए अपने घरेलू दलदल में ले गई।

बेटे को पुचकारते हुए घोंघी देवी ने उसे ऐसी-ऐसी सीखें दीं जैसी 'सती अनसूया ने ब्रह्मा-विष्णु-महेश को, माँ सीता ने लव-कुश को और शकुन्तला ने भरत को भी नहीं दी होंगी।' साथ ही उसने उसे चाणक्य का यह ब्रह्म वाक्य भी समझाया, "बेटा, बड़े लोग सिर्फ हमें धोखा देने के लिए धर्म के हवाले से यह बड़ी बात कहते हैं कि शरीर मिथ्या और आत्मा सत्य है। दरअसल ये सब पैसे वालों की दिखावटी 'ड्राइंग रूम टाक' मात्र हैं। तुम अपने मन में गहराई से इस सच्चाई को उतार लो कि यह शरीर ही सब कुछ है और यदि इसकी रक्षा के लिए तुम्हें दूसरे का ख़ून भी करना पड़े, तो कर देना चाहिए, पर हमेशा ध्यान रखना कि केवल अपने बचाव के लिए ही ऐसा करना उचित है। लेकिन तुमको यदि कभी लगे कि कोई बदज़ात भगवान की इस धरती को अपने कुकर्मों से गन्दा कर रहा है, तो भगवान की राह न देखकर, तुम स्वयं उसके अत्याचारों से इस धरती को बचाना। और बेटा, तुम यह सब तभी कर सकोगे जब ज़िन्दा रहोगे। याद रखना कि यदि सारी दुनिया भी तुम्हें ख़त्म करने पर तुल जाए, तो भी तुम्हें हर हालत में जीवित रहना है। बेटा, मेरी दी हुई जन्मघूँटी का मूल-मंत्र यही है कि हर हाल में ज़िन्दा रहकर तुम्हें अपनी माँ के दूध की लाज रखनी है।"

आश्चर्यजनक ढंग से ज़िद्दी और महाछटपटिया घोंघा अपनी माँ के कहे एक-एक शब्द को इस तरह पी रहा था, मानो उनका रसायन बनाकर अपनी शिराओं के रक्त में मिला रहा हो। इसके बाद उसने माँ के चरण छुए और अपने घुटने मोड़कर माँ के सामने याचक की मुद्रा में बैठकर कहने लगा, "माँ, एक बात बता, तू इतनी बुद्धिमान कैसे है? क्या तूने ऋषि-मुनियों और विद्वानों की सेवा की है, जिसके कारण तू इतनी ज्ञानी हो गई? या मेरे पिता बहुत गुणी थे, जिसकी वजह से तू भी इतनी बुद्धिमती हो गई? माँ, तू इतनी अधिक सुन्दर है कि जवानी में तो तुझ पर

ढेरों लोग मरते रहे होंगे और बचपन में तेरे माँ-बाप ने भी तुझे खूब दुलराया होगा? है ना माँ? माँ! मुझे यह भी बता कि तूने मेरा नाम कृष्ण कुमार क्यों रखा?''

घोंघे के नदी की तरह बहते प्रश्नों को घोंघी बिना उत्तर दिए चुपचाप सुने जा रही थी। उसकी यह चुप्पी उतावले घोंघे को बिलकुल बर्दाश्त नहीं हुई और वह माँ की पीठ से झूलकर उसके मुँह को अपनी ओर घुमाते हुए, मनुहार भरी आँखों से उसे उत्तर देने के लिए मनाने लगा।

उसका प्रेम भरा आग्रह देखकर घोंघी ने अत्यन्त शालीनता और गम्भीरता से उसे उत्तर दिया, ''बेटा, तूने मेरे जन्म से जवानी तक अनेक प्रश्न, एक साथ पूछ लिये हैं, इसलिए मैं एक-एक करके, तुझे उनके जवाब दूँगी।

''बेटा, मेरे मुँह में जन्म के समय से ही कुछ दाँत उगे हुए थे, इसलिए मेरी माँ ने जनमते ही मुझे जंगल के किनारे फेंक दिया था। लेकिन इसके लिए मेरे मन में न तो कोई विचार है और न ही मैं अपनी माँ को दोषी मानती हूँ, क्योंकि ऐसे बच्चे माँ-बाप को भारी माने जाते हैं। दूसरे, ग़रीब के घर बेटी का जन्म!...अर्थात् आफ़त का पहाड़। पहले तो उसे सबसे बचाकर रखना और फिर ब्याह के समय सब कुछ बेच-खोंचकर या खुद बिककर उसका ब्याह करना! मेरी मैया!! भला यह सब कहाँ से करती? उस बेचारी के पास तो अपना फूस का 'टापरा' तक नहीं था, फिर वह बेचती भी तो क्या? इसीलिए उसने अपनी सारी माया-ममता तोड़कर मुझे जंगल में यह सोचकर छोड़ दिया होगा कि यदि इसके भाग में होगा, तो जी लेगी।

''बेटा, मैया ने ठीक ही सोचा था, क्योंकि राम जाने उस समय किसने मुझे पानी पिलाया? किसने दूध? पर पहली याद जो मुझे है! वह यह है कि मैंने एक कुत्ते के मुँह से छीनकर रोटी खा ली थी। इसके बाद तो मैं रोज़ ही कुत्ते, बिल्ली, कौवे आदि विभिन्न पशु-पक्षियों को पत्थर मार-मारकर उनसे कुछ न कुछ छीन-खसोटकर खा ही लेती थी। मुझे जंगल के फल-फूल, तालाब के सिंघाड़े और कमलगट्टे भी बहुत

पसन्द थे, इसलिए सब कुछ मिला-जुलाकर मैं अपना पेट आराम से भर लेती थी।

''कुछ बड़े होने के बाद एक दिन मैं पास के गाँव में घुस गई और मैंने कचरे में फेंके हुए चिथड़ों को उठाकर अपने शरीर पर लपेट लिया। वहाँ की झोंपड़ियाँ देखकर, मैंने भी किसी तरह एक छोटी-सी झोंपड़ी बना डाली। एक दिन मैं आम के पेड़ पर चढ़कर आम चूसते हुए, ज़मींदार की गाजे-बाजे वाली सवारी को देख रही थी कि अचानक हाथ फिसलने के कारण मैं धड़ाम से ज़मीन पर जा गिरी। अभी मैं अपने लत्ते झाड़ ही रही थी कि ज़मींदार के हरकारे मुझे उठाकर एक बड़े-से घर में ले जाने लगे। उन्हीं की बातों से मुझे पता चला कि मैं बहुत सुन्दर हूँ।

''वहाँ मुझे पहनने के लिए एक से एक ज़री काम के कपड़े और खाने को बहुत ही बढ़िया-बढ़िया चीज़ें मिलीं। उन सबको देखकर मुझे लगा कि हो न हो यह उसी राक्षस की माया नगरी है, जिसकी कहानी कुछ ही दिन पहले एक महात्मा जी ने मेरी झोंपड़ी में सुनाई थी। यह सोचकर कि मुझे इस पंचायती से क्या लेना-देना कि यह सुन्दर दुनिया किसकी है, किसकी नहीं? मैंने पहले तो ख़ूब ठूँस-ठूँसकर खाया और फिर वहीं ज़मीन पर पसरकर सो गई। बड़ी रात गए वहाँ बूढ़े ज़मींदार आए और मुझे पलंग पर सुलाकर, मेरा बदन तोड़ने लगे। मुझे यह आदत तो अपनी झोंपड़ी में ही पड़ गई थी, इसलिए मैं आँखें बन्द किए उनके शरीर से आती बढ़िया सुगन्ध को सूँघती रही, और खाए हुए पकवानों को याद कर मस्त होती रही। कुछेक दिन बाद वे ही हरकारे रुपये-पैसे, कपड़े-लत्ते, और पकवानों के साथ मुझे मेरी झोंपड़ी में पहुँचा गए।

''मेरी झोंपड़ी में एक खटिया के साथ एक चूल्हा भी बन गया था, जिस पर मैंने गाँव की जमना मासी से सीखकर रोटियाँ सेंकनी शुरू कर दी थीं। समय के साथ जंगल कटता गया और देखते ही देखते मेरी झोंपड़ी उस सड़क के किनारे आकर खड़ी हो गई, जहाँ लॉरियों और उनके ड्राइवरों का ताँता लगा रहता था।

"मेरी झोंपड़ी में कुएँ का मीठा पानी, फल-फूल, गरम रोटियाँ, जंगल के नीबू-मिरच का मसालेदार अचार और जंगली पत्तियों की चरपरी तरकारी हर वक़्त तैयार रहती थी। इस वजह से सुबह काम पर जाते लोग तो खाने के लिए आते ही थे, कभी-कभी कुछ लोग दोपहर में भी मुझसे अकेले में मिलने के लिए चले आते। सुबह से रात तक आने-जानेवालों में आपसी बहसें भी ख़ूब होती रहती थीं, जिनमें से मैं काम की बातें गुन लेती और उन्हें मन ही मन घोटती रहती।

"बेटा, तुमने अपने बाप के बारे में पूछा था, तो मैं साफ़-साफ़ तो नहीं बता सकती कि तेरा बाप कौन था, क्योंकि मैं कोई रानी कुन्ती तो हूँ नहीं, जो कह पाती कि फलाँ सूरज का बेटा है, फलाँ हवा का और फलाँ इन्द्र का। पर बेटा, तेरी अच्छी बुद्धि देखकर लगता है कि तू किसी महन्त, साधु, संन्यासी या ज़मींदार का बेटा न होकर उस कच्ची भीगी मसों वाले का बेटा है, जो सारी दुनिया का भला करना चाहता था और जो एक दिन अपनी पीठ में छुरा घुँपवाकर, मेरी गोद में सिर रखकर मर गया था। बेटा, वह भला आदमी भगवान श्रीकृष्ण को बहुत मानता था। कहता था कि शिशुपाल श्रीकृष्ण को शूद्र कहकर गालियाँ देता था, पर श्रीकृष्ण ने न केवल इसे स्वीकार किया, बल्कि उन्होंने सूर्यवंश, चन्द्रवंश, राजपूत घरानों की तरह ही यदुवंशियों को भी उनके समानान्तर प्रतिष्ठित कर दिया। ये ही सब बातें सोचकर मैंने तेरा नाम कृष्ण कुमार रख दिया।"

घोंघा ने माँ की सारी बातें ध्यान से सुनने के बाद माँ के पैर छूकर कहा, "माँ! तू इस धरती की सबसे बड़ी सती है। तूने शरीर से ज़्यादा आत्मा को माना, इसलिए तू साक्षात् देवी है। माँ, मैं क़सम खाकर कहता हूँ कि मैं भी अपने पिता की तरह ही इस धरती को सुन्दर बनाने की कोशिश करूँगा।"

माँ घोंघी ने उसे असीस देते हुए कहा, "बेटा, सँभलकर रहना, और लम्बे समय तक जीवित रहकर अच्छे काम करते रहना।"

माँ के ये आशीर्वचन सुनते ही घोंघा ने अपने कपड़े झाड़े और सीधा तनकर खड़ा हो गया। उसकी 'अटेंशन-मुद्रा' को देखकर लग

रहा था कि वह अभी ही 'लेफ्ट-राइट' करता हुआ सीधा युद्ध के मैदान में जा धमकेगा।

पूरे साज-बाज के साथ जैसे ही घोंघा सड़क की पटरी पर आया, तेज़ी से गुज़रती एक बड़ी गाड़ी से किसी ने उस पर ज़र्दा मिली पान की पीक थूक दी। घोंघा की सतर्कता के कारण उसकी आँखें तो बच गईं, पर सारे कपड़ों का सत्यानास हो गया। क्षोभ से उसका बुरा हाल देखकर ज्ञानी माँ ने उसे कंठ से लगाया और बोली, "बेटा, यह तेरी लड़ाई की शुरुआत है। तू कभी भी हार मत मानना और न ही क़ाबिल बनने के बाद इन्हें बख़्शना! अरे, कपड़ों का क्या है? ला, मैं इन्हें तुरन्त ही तालाब में डालकर 'फींच' देती हूँ।"

दूसरे दिन स्कूल में पहुँचते ही मास्टरजी ने उसे ऐसी हिकारत से नाक चढ़ाकर देखा, मानो कोई कूड़े से भरी गाड़ी आकर उनके सामने खड़ी हो गई हो। उन्होंने झल्लाते हुए उसके सारे काग़ज़-पत्तर देखे और फिर यह बड़बड़ करते हुए, "सरकार का तो दिमाग़ ही फिर गया है, जो इन गलीज़ लोगों को स्कूल में पढ़ने का अधिकार दे दिया है। अरे, ये 'टूटी हाँड़ी के ठीकरे', सिवा ठोकर मारने के किसी और लायक नहीं हैं, यह बात सरकार समझती क्यों नहीं है?"

स्वागत की इस शिष्ट-अशिष्ट औपचारिकता के बाद, उन्होंने सीधी अँगुली के इशारे से घोंघा को दरवाज़े के पास ज़मीन पर बैठने का आदेश दे दिया।

लेकिन वह ठहरा महाइंटेलीजेंट घोंघा! जो अपनी ही शर्तों पर धरती पर आया था और उन्हीं पर जी भी रहा था। माँ की कहानी सुनने के बाद से तो उसे दरवाज़े के पाँवपोंछ और बूटों की ठोकरों की पीड़ा भी नहीं व्यापती थी। न उसे गरमी लगती थी, न ठंड, न भूख, न प्यास; उस पर तो बस जुनून की तरह एक ही धुन सवार थी कि बिना समय गँवाए, उसे जल्दी से जल्दी पढ़-लिखकर बड़ा आदमी बनना है। यही वजह थी कि अपनी पैदाइश के पहले दिन से ही वह हमला होते ही, अपने लुंज-पुंज हाथ-पाँव को अपने सिर पर रखकर अपनी रक्षा कर लेता था। उसकी

आँखों के सामने हर वक़्त माँ की जिन्दा रहने की सीख का हर अक्षर फ्लोरोसेंट रंगों में चमकता रहता था और वह और भी मज़बूती से क़दम रखता हुआ अपने लक्ष्य की ओर बढ़ता रहता था।

छात्रवृत्ति, छात्रवृत्ति और छात्रवृत्ति! अर्थात् हर क्षेत्र की छात्रवृत्तियाँ उसे पग-पग पर मिलती रहती थीं। बावजूद शिक्षकों और क्लासमेट्स के घोर विरोध के; उसका कला, क्रीड़ा और पढ़ाई में अव्वल आकर, हर वर्ष 'विजय-चौकी' की उच्चतम पायदान पर खड़े होकर, मेडल ग्रहण करना लाज़िमी था। क्लास के दोस्तों की दुर-दुर, छी-छी का भी उसने एक सकारात्मक उपयोग यह कर लिया था कि वह फैलफ़ितूरी और मौज-मस्ती का अपना सारा समय लायब्रेरी में बिताने लगा था।

उसकी माँ को जंगली जड़ी-बूटी और स्वास्थ्यप्रद पत्तियों की बेइन्तहाँ जानकारी थी। इसलिए बिना किसी ख़र्च के वह उन्हें खाकर और ढेरों वर्जिश के बाद तालाब की ताज़ा मिट्टी से रगड़-नहाकर, वह काफ़ी ताक़तवर हो गया था। पर अपनी अन्तःप्रज्ञा के निर्देश से वह हमेशा हाथ के पंजों तक लटकती कमीज़ और ढीले-ढाले कपड़ों से अपने क़द्दावर शरीर को छिपाए रखता था। ऐसे में स्वाभाविक था कि दूसरे आज भी उसे एक पिलपिल घोंघा ही समझते थे।

उसमें भलमनसाहत कूट-कूटकर भरी थी। उसकी साधुता की तो यह स्थिति थी कि एक दिन सुबह जब वह सूटेड-बूटेड होकर माँ के हाथ से दही-चीनी खाकर, मेडिकल के इंटरव्यू के लिए जा रहा था, तो एक आलीशान अट्टालिका से बच्चे के मल-मूत्र से सना गन्दा 'डायपर' उसके सिर पर आ गिरा। उसने जब गर्दन उठाकर ऊपर देखा, तो उसे खिड़की में एक ग़रीब नौकरानी का सहमा हुआ चेहरा दिखाई पड़ा। उसकी इस बेज़ा हरकत पर शोर मचाना तो दूर, उसने बिना एक शब्द कहे, उस गन्दगी को कूड़े की 'बिन' में डाला, और वापस आकर फिर से नहा-धोकर तैयार हो गया। समयाभाव के कारण उसे टैक्सी के किराए का खामियाज़ा भी भरना पड़ा, लेकिन उसे इसका मलाल नहीं था, क्योंकि कुछ न कहकर उसने एक ग़रीब की मदद की थी।

अपने जन्म से ही सबको चौंकाते घोंघे ने इस बार तो चौंकाने के सारे रिकॉर्ड ही तोड़ दिए। पूरी दुनिया के सैकड़ों अड़ंगों के बावजूद उसके अंकों ने मेडिकल कॉलेज में एक नया प्रतिमान स्थापित कर दिया, जिसकी चर्चा पूरे शहर में यों हो रही थी, 'शिड्यूल कास्ट' के एक 'घोंघे' के ऐसे नम्बर? हो ही नहीं सकता; इसमें ज़रूर कोई गड़बड़ है! देखना अन्त में घोंघे का नाम सबसे नीचे पड़ा मिलेगा। पर ऐसा हुआ नहीं, और घोंघा वहीं का वहीं शिखर पर जमा रहा।

हालाँकि यह हक़ीक़त सबकी आँखों में काँटों-सी चुभ रही थी, पर सब निरुपाय थे। अन्त में उच्च-तंत्र ने षड्यंत्र कर उसे एक ऐसे सरकारी अस्पताल में डाल दिया, जहाँ उसका विकास असम्भव और पतन अवश्यम्भावी था, पर तेज़-तर्रार घोंघा वहाँ भी कुछ ही दिनों में अपने अधिकांश सीनियर्स की असिस्टेंटशिप करके उनके ज्ञान, अनुभव और चालबाज़ियों से पूरी तरह वाक़िफ़ हो गया।

परिश्रमी, मेधावी और कर्मठ घोंघा से सारे सर्जन सहायता लेना पसन्द करते थे, क्योंकि वही एक था, जिसकी सारी मेहनत को वे बिना कुछ दिए ही आराम से अपने खाते में डाल सकते थे। हालत यह थी कि मेहनत सारी उसकी और पैसे सारे उनके! पर घोंघे को इसमें कोई आपत्ति नहीं थी। उसे आपत्ति इसमें भी नहीं थी कि उसके 'सीनियर्स' ग़रीबों के सारे हक़ूक़ अपने पैसे वाले मरीज़ों पर ख़र्च लेते थे। उसे सिर्फ़ और सिर्फ़ इस बात पर आपत्ति थी कि ये डॉक्टर जानबूझकर, अपनी लापरवाही और लालच से अधिकतर ग़रीब मरीज़ों को या तो अपाहिज कर देते थे, या मार डालते थे।

घोंघा अस्पताल में हर वक़्त यह चौकसी करता रहता कि कहीं किसी ग़रीब की जान लेने का इन्तज़ाम तो नहीं हो रहा है, क्योंकि नई दवाइयों को पास के केमिस्ट को बेचकर उससे 'एक्सपायरी' तारीख़ की दवाइयाँ इकट्ठी करने में वहाँ के अधिकतर डॉक्टर माहिर थे। ग़रीबों को जानबूझकर महँगी दवाइयाँ लिखकर देना और दुकानदार की मिलीभगत से मोटा कमीशन खाकर उन्हें घटिया दवाइयाँ खिला देना वहाँ के हर डॉक्टर का जन्मसिद्ध अधिकार था।

घोंघा अपनी सीमाएँ जानता था, और वह उन नराधम डॉक्टरों की नीचताओं को भी सुबह से शाम तक बर्दाश्त करता रहता था, लेकिन जब कभी वह किसी ग़रीब के अन्तःशिरा में 'एक्सपायर्ड ग्लूकोज़' या ऐसी ही दूसरी दवाइयाँ चढ़ती देखता, तो उसका ख़ून खौल उठता। वह जब झल्लाकर झटके से उसकी नसों से 'बटरफ्लाई' निकाल फेंकता, तो नासमझ मरीज़ और चोर नर्स दोनों चिल्लाने लगते। नर्स उसका लाल चेहरा और ग़ुस्से से फटी आँखें देखकर वहाँ से भाग छूटती और असहाय मरीज़ दीनता से उसे देखता रहता।

घोंघा को अच्छी तरह पता था कि ढेरों सबूतों के बावजूद उसकी लिखी शिकायतों पर कोई कार्रवाई नहीं होगी, बल्कि वे 'डाकू डॉक्टर' और भी सावधानी से अपना वार करना शुरू कर देंगे। इसलिए वह रोज़ाना इस स्थिति से लड़ता रहता और जितना बन सकता ग़रीबों को बचाता रहता।

पर एक दिन तो इन ज़ुल्मों की इन्तिहा ही हो गई। एक महालालची 'ऑर्थोपैडिक सर्जन' ने पहले तो बेवजह एक ग़रीब की टाँगें काट दीं, और फिर उसे कचरे से भरे एक कोने में पटककर उसकी जरा भी सुध नहीं ली। उसकी लापरवाही के कारण उस बेचारे के घावों में 'सेप्टिक' हो गया और क्रमशः पूरे शरीर में उसका ज़हर फैल जाने के कारण वह मर गया।

उस दिन घोंघा के दुख का ठिकाना नहीं था और उसे बार-बार वह दिन याद आ रहा था जब वह हट्टा-कट्टा जवान अपने पैर की साधारण सी चोट दिखाने के लिए उस दुष्ट डॉक्टर के पास आया था। घोंघा, उस जवान किसान की अकाल-मृत्यु पर, उसकी माँ, बीवी और छोटे-छोटे बच्चों का मर्मान्तक रोना देखकर, किसी दूसरे के पाप-कृत्य के कारण घटी इस दुर्घटना से इस क़दर ग्लानि से भर गया कि अपनी रातों की नींद गँवा बैठा।

उसकी घबराहटनुमा बेचैनी बेक़ाबू हो रही थी। हर क्षण उसे लगता, 'समर शेष है/ नहीं पाप का भागी केवल व्याध/जो तटस्थ हैं/ समय लिखेगा

उनका भी इतिहास।' अब उसे न अपने कपड़े-लत्तों का होश था, और न ही बढ़ी दाढ़ी और बालों का। हर घड़ी वही दुखद दृश्य! उसकी आँखों के आगे 'रिप्ले' होता रहता और वह 'किम करोति' की मुद्रा में दीवारों से सिर फोड़ता रहता।

एक दिन सुबह की उजास फूटने के पहले के पवित्र क्षण में उसे आत्मदर्शन हुआ और उसे माँ घोंघी के कहे वचन आकाशवाणी की तरह सुनाई पड़े, "बेटा, बापू की अहिंसा को सही अर्थों में गुनकर समझ। जैसे कोई प्राणी यदि भयंकर यंत्रणा भोग रहा हो, तो उसे मुक्ति देना उचित है, वैसे ही यदि कोई व्यक्ति दीमक की तरह पूरे समाज को चाट रहा हो, तो उससे भी इस धरती को मुक्त कर देना एक पुण्य-कार्य ही है। बेटा, भगवान कृष्ण का कहा याद कर कि 'धर्म समय के साथ बदलता रहता है। यदि हम पुरानी और जड़ रूढ़ियों को पकड़कर बैठे रहेंगे, तो अधार्मिक हो जाएँगे।' बेटा, अपने पेशे के प्रति सच्चा होना ही तेरा धर्म है, फिर चाहे इसके लिए तुझे भी श्रीकृष्ण की तरह ही अपनी प्रतिज्ञा भंग कर, चक्र क्यों न उठाना पड़े।"

इन तेजस्वी वचनों से घोंघा का आत्मबल आकाश छूने लगा, और मन ही मन माँ को प्रणाम कर वह पुराने दिनों की तरह ही सज-धजकर अस्पताल जा पहुँचा।

संयोग से आज वही ऑर्थोपैडिक सर्जन महोदय एक अमीर आदमी के ऑपरेशन की तैयारी में व्यस्त थे। उसे देखते ही वे ख़ुश होकर बोले, "के.के., अच्छा हुआ कि तुम आ गए। सारी तैयारी हो चुकी है। तुम भी झट से तैयार होकर आ जाओ, हमें तुरन्त ही ऑपरेशन करना है।"

बड़े आदमी का ऑपरेशन सफलतापूर्वक करने के बाद डॉक्टर साहब उनसे एक बड़ी रक़म ऐंठकर लौट आए और नोटों से भरे बैग को बग़ल में रखकर, चुस्कियाँ लेते हुए आनन्द से चाय पीने लगे।

घोंघा प्रसाद ने इसे मंगल-मुहूर्त मानकर डॉक्टर साहब के मिज़ाज के अनुकूल ही एक मीठी धुन गुनगुनाते हुए उनके पैरों पर हलके हाथों से कोई ऐसा रसायन मल दिया कि वे पैर खुजा-खुजाकर बेहाल होने लगे।

उनके छटपटाते बदन को सहलाने के बहाने उसने उनके बाक़ी अंगों पर भी रसायन लगा दिया, जिसके लगते ही डॉक्टर साहब का पूरा शरीर जलने लगा और वे ज़ोरों से चीख़ने लगे, "अरे, मैं मरा रे, कोई बचाओ मुझे!...कृष्णा बेटा, प्लीज़, तुरन्त मुझे एक 'क़ाम्पोज़' का इंजेक्शन लगा दो और मेरे पूरे शरीर पर 'आइस पैक्स' रखवा दो। बेटा! ज़रा जल्दी करो!"

'यस सर! यस सर!' करते हुए घोंघा प्रसाद ने, राम जाने, उन्हें कौन सा इंजेक्शन दिया कि उन पर बेहोशी छाने लगी।

उनकी तन्द्रिल अवस्था देखकर घोंघा ने उन्हें सलाह दी, "सर, आप ऑपरेशन टेबल पर लेट जाइए, उसके ठंडे स्टील से आपको आराम मिलेगा और आइस पैक्स लगाने में भी सुविधा रहेगी।"

मनभाती यह सलाह सुनते ही डॉक्टर साहब तुरन्त घोंघा के सहारे से टेबल पर लेट गए और 'कृष्णा बचाओ! कृष्णा बचाओ!' का जाप जपने लगे। घोंघा प्रसाद ने इसे सही और शुभ समय जानकर, उन्हें तुरन्त 'क्लोरोफ़ॉर्म' सुँघा दिया और उनके पूरी तरह अचेत हो जाने के बाद कोने में रखी हुई अपनी 'हॉकी-स्टिक' उठाकर, उनके दोनों घुटने तोड़ दिए।

घोंघा के हिसाब से तो उस राक्षस के पापों की यह एक बहुत ही छोटी सज़ा थी। उन्हें उसी हाल में छोड़कर वह, सफल ऑपरेशन के बाद, ऑपरेशन थिएटर से बाहर निकलते सर्जन की तरह मुस्कराते हुए बाहर आया और आत्मविश्वास और शन्ति से भरे हलके क़दम भरता हुआ घर चला गया।

घोंघा प्रसाद उर्फ़ कृष्ण कुमार पर जब कई दिनों बाद इंक्वायरी बैठी तो उसे न केवल बाइज़्ज़त बरी कर दिया गया, बल्कि उसका स्थानान्तरण एक बड़े अस्पताल में ऊँचे पद पर कर दिया गया।

सत्यवादी और धार्मिक घोंघी माँ के पूछने पर घोंघा ने बिना काट-छाँट किए उसे सारी सच्चाई बताकर कहा, "माँ! इन दुष्टों के साथ काम करते-करते, मेरा 'फुल-प्रूफ' बदमाशी सीख लेना साधारण-सी बात थी। यह बात इतर है कि मैं कभी भी इन हथकंडों को अपनाना नहीं चाहता था। माँ, मैं तुम्हारी क़सम खाकर कहता हूँ कि अपने इस काम से मुझे किसी प्रकार की ग्लानि नहीं, बल्कि पुण्य-बोध हो रहा है। साथ ही यह सोचकर

अच्छा भी लग रहा है कि कम से कम मैंने एक अत्याचारी के बोझ से तो इस धरती को मुक्त किया।''

माँ ने उसके सिर पर हाथ फेरकर उसे असीसते हुए कहा, ''बेटा! सुना है कि बहुत-बहुत साल पहले कृष्ण भगवान ने भी अपने चेले अर्जुन को कहा था कि 'पापियों का नाश करना अधर्म नहीं, धर्म है।' चल बेटा! हम लोग गाँव के कोनेवाले मन्दिर में चलकर श्रीकृष्ण जी से प्रार्थना करते हैं कि वे तेरी बुद्धि सदा ऐसी ही रखें।''

उस समय मन्दिर में आरती हो रही थी। हठात् घोंघा प्रसाद को लगा कि कृष्ण भगवान उसे अपने अभयहस्त से आशीर्वाद दे रहे हैं।

प्रश्न है ? कि क्या उस अपढ़ माँ ने अपने बेटे का नाम यों ही कृष्णा रख दिया था या वह जानती थी कि एक दिन उसका घोंघा भी श्रीकृष्ण की तरह ही 'परित्राणाय साधूनां विनाशाय च दुष्कृताम्। धर्मसंस्थापनार्थाय सम्भवामि युगे युगे॥' को पुनः प्रतिष्ठित करेगा।

अँधेरे भेदती रज़िया

"आऽपाऽऽऽ!" की लहर के साथ दो नरम-सी हथेलियों ने जब कसकर मेरी आँखें मूँदीं, तो उन पर कोहनी तक हाथ फेरने के बावजूद समझ नहीं आ रहा था कि ये जवान हाथ और रेशम-सा गला, आख़िर है किसका?

"ज़ाहिदा? ऊहूँ—रुबीना? ना! ना! सकीना?" फ़र्क़ मीलों का! कहाँ यह नफ़ासत भरा मीठा स्वर और कहाँ उनके खुरदरे कामकाजी गले का रूखापन! फिर यह कौन हो सकती है?...सोच-सोचकर थक जाने के बाद मैंने युवा भाषा में ही कहा, "ओके गिव अप! गिव अप!...अब तो छोड़ो महारानी, मेरी क़ैद आँखों को!"

मेरे हुक्म के साथ ही फूलों की लचकती डाल-सी रज़िया अपनी हँसी की ज्योत्स्ना से वातावरण को आलोकित करते हुए सामने आ खड़ी हुई।

"अरे रज़िया तू? मुझसे मिलने इतनी दूर क्यों आई देवी! तुझे तो मेरा रूटीन पता ही है, मैं बुधवार और जुम्मे को यहाँ आती हूँ और शनि, मंगल और बृहस्पति तुम्हारे घर के पास वाले मदरसे में बिना नागा जाती हूँ, फिर तुमने इतनी दूर आने की ज़हमत क्यों उठाई? वैसे तुम्हारे चेहरे के उतावलेपन से लग रहा है कि तुम कोई बड़ी ख़बर सुनाने आई हो। क्या भाईजान ने तुम्हारे और रिज़वान के रिश्ते के लिए इजाज़त दे दी?"

'साधारण बातों को परे हटाइए' की मुद्रा में रज़िया ने अपने दाएँ हाथ से वहाँ की हवा को एक ओर सरकाते हुए, दुपट्टे के नीचे से लैपटॉप निकालकर मेरी मेज़ पर धर दिया।

लैपटॉप के स्क्रीन को देखते ही मैं समझ गई कि इसे देखकर ही रज़िया के पैरों में ऐसे घुँघरू बँध गए होंगे कि वह नाचती-नाचती मेरे पास आ पहुँची होगी। सच कहा जाए तो वाक़ई, वह नज़ारा ही कुछ ऐसा था कि मुझ जैसी उम्रदराज़ को भी थिरकने के लिए बाध्य कर रहा था। रज़िया ने 'सैट' के हज़ारों परीक्षार्थियों में चौदहवाँ स्थान हासिल किया था। मैं अपनी आँखें रगड़-रगड़कर दो-तीन बार, उन आँकड़ों को घूर रही थी, पर रज़िया जी थीं कि चौदहवीं पायदान पर अड़ी बैठी थीं। आज तक मेरी पहचान के संसार में किसी ने भी यह दर्जा हासिल नहीं किया था, इसलिए मेरा यों अवाक् रह जाना लाज़िमी था।

ठहरी धड़कन के लौटते ही मैं अपनी उम्र को ठोकर मारती हुई धड़फड़ाकर उठी और मैंने रज़िया को ज़ोरों से चिपका लिया। मेरे कोश में जितने आशीर्वाद थे, उन्हें उस पर लुटाकर, जब मैं वापस अपनी कुर्सी में धँसी, तो यों हाँफ रही थी मानो मीलों दौड़ लगाकर आई हूँ।

"आपा! आपा! आपकी ख़ुशी का ज्वार आपके मन ही नहीं, तन की भी सारी हदें पार कर गया है। वैसे यह तो होना ही था! क्योंकि सब जानते हैं कि मेरी इस कामयाबी की एकमात्र हक़दार आप ही हैं। आपा! यक़ीन कीजिए कि अगर आपने हम लोगों के अँधेरे जीवन में पढ़ाई का दीया न जलाया होता, तो मैं और मेरी हमनवा कई लड़कियाँ 'निरक्षर भट्टाचारजी' ही रहतीं। ओफ़्फ़! कितनी लड़ाइयाँ लड़ी हैं आपने हमारे लिए! क़ुरान शरीफ़ के सही हवाले दे-देकर, कितनी मेहनत से आपने मुझे एक-एक सीढ़ी पर चढ़ना सिखाया है! क्या मैं कभी सात जनमों में भी वह सब भूल सकती हूँ? आपा! दिल पर क़ाबू लाइए, क्योंकि असली जादू अभी बाक़ी है!" कहते हुए उसने मुझे विदेशों की बड़ी-बड़ी यूनिवर्सिटियों से आए हुए वे निमंत्रण दिखाने शुरू किए, जिनमें वे लोग रज़िया को न केवल छात्रवृत्ति दे रहे थे, बल्कि वहाँ खाना-रहना और आना-जाना भी मुफ़्त था। एकाध विश्वविद्यालय के शिक्षक ने तो उसका लेख पढ़कर उससे प्रार्थना तक की थी कि वह उनके यहाँ ही आ जाए। भारतीय होने के क़ारण यदि वह चाहेगी, तो उसके साथ एक कमरा उसके माँ-पिता को भी मुहय्या करवा दिया जाएगा।

यदि आपका बोया बीज अंकुरित होकर पौधा और फिर फूलों से भरा पेड़ बनकर चतुर्दिक् ख़ुशबू फैलाने लगे तो कार्यसिद्धि का जो आनन्द आपको होता है, क्या आप उसे लफ़्ज़ों में बयान कर सकते हैं? भीतर ही भीतर उस आनन्द-रस से 'छक' कर मेरी विचारणा रज़िया के भविष्य की रूपरेखा आँकने में जुट गई। हमने ताबड़तोड़ आये उन निमंत्रण पत्रों की ख़ुर्दबीनी जाँच शुरू की, और उसमें से तीन यूनिवर्सिटियाँ छाँट लीं। अब उन तीनों को श्रेष्ठता की कसौटी पर कसने का सिलसिला शुरू हुआ और अन्त में चारों ओर से पूछताछ करने के बाद हमने सर्वश्रेष्ठ को 'हाँ' लिख भेजा। अपनी अँगुलियों को आर-पार फँसाए, हम एक ओर उस अल्लाहताला से दुआ किए जा रहे थे और दूसरी ओर नम्बर दो की यूनिवर्सिटी के लिए चिट्ठी भी तैयार कर रहे थे।

उस दिन हमें उस लैपटॉप के तार सीधे उस ऊपर बैठे अल्लाह से जुड़े लग रहे थे, और हम उन्हें लगातार रिश्वत पर रिश्वत दिए जा रहे थे कि अचानक उस पूरे महिला केन्द्र में ख़ुशी की तरंगें उठने लगीं! रज़िया का दाख़िला अमेरिका की नम्बर वन यूनिवर्सिटी में हो गया था!

मेरे विस्तृत परिचय-क्षेत्र में रज़िया अनोखी थी। 'ग़रीब' और 'पिछड़ों' के साक्षरता अभियान के तहत जब वह काफ़ी छोटी थी, तभी मेरा परिचय उसके परिवार से हुआ था। मैंने इस अभियान के अन्तर्गत ही एक 'मुस्लिम महिला केन्द्र' भी खोल लिया था, क्योंकि मेरा मानना था कि मुस्लिम महिलाओं को साक्षर करने की सर्वाधिक आवश्यकता है। पिछड़े मुस्लिम समाज में क़ुरान के ग़लत हवालों से औरतों को बेइन्तिहा दबाकर रखा जाता था और उनके अंग्रेज़ी पढ़ने को गुनाह माना जाता था। मुल्लाओं ने यह प्रचार कर रखा था कि यदि मुस्लिम औरतें पढ़ाई करेंगी, तो उन्हें निश्चित ही दोज़ख़ की आग में भूना जाएगा।

एक सच्चे और शरीफ़ मौलवी साहब की मदद से हमने उन भोली औरतों को यक़ीन दिलाया कि यह उन्हें आगे न बढ़ने देने की पुरुष वर्ग की साज़िश है! इसलिए वे बेफ़िक्र होकर पढ़-लिख सकती हैं। इस पहल में

ज़रीन ने मेरा सबसे ज़्यादा हौसला बढ़ाया था। ज़रीन रज़िया की अमेरिकावासी बुआ थी, जिसने हमें उन महिलाओं की बुनियादी बारीक़ कुंठाओं से रू-ब-रू करवाकर उनके दिलों में जमे हौल के बारे में बताया। वह बहुत ही खुले विचारों की तरक़्क़ी-पसन्द महिला थी और रज़िया की क़ाबिलियत की वजह से उसे बहुत प्यार करती थी। रज़िया की अम्मी ज़ीनत को ज़रीन फूटी आँखों नहीं सुहाती थी, क्योंकि वे हर वक़्त इसी ख़ौफ़ से मरी जाती थीं कि कहीं ज़रीन रज़िया को उनके दक़ियानूसी रीति-रिवाज़ों के ख़िलाफ़ भड़का न दे।

रज़िया बहुत ही विनम्र और मीठी थी, पर उसकी बला की ख़ूबसूरती, उसकी नफ़ासत, उसका ज़हीन दिमाग़, उसका लम्बा छरहरा क़द, उसकी राजसी चाल-ढाल, नपे-तुले तौर-तरीक़े और जवानी! सब मिलाकर उसे इतना आकर्षणीय बना देते थे कि उसका ख़याल आते ही ज़ीनत बेग़म का कलेजा दुगुनी रफ़्तार से धड़कने लगता। ज़ाहिदा और सकीना तो उसे हमेशा 'मलिका-ए-आज़म रज़िया सुल्तान' कहकर छेड़ती रहती थीं। उनकी छेड़ से रज़िया का चेहरा और सारा बदन उस गुलाबी फूल की मानिन्द हो जाता, जिसकी पँखुड़ी के खुलते ही उस पर ओस की बूँदों और भौंरों ने साथ-साथ हमला कर दिया हो। उसकी रेशम-सी नरम और उजली त्वचा से झाँकता वह गुलाबीपन अपनी कान्ति से आसपास के चराचर प्राणियों को चुम्बक की तरह अपनी ओर खींच लेता था।

ज़ीनत बेग़म के वहम को ख़्वाहमख़्वाह दोष न देकर यह जानना ज़रूरी है कि आख़िर क्यों वे अपनी ऐसी अनुपमेय बेटी के रूप से ख़ौफज़दा रहती थीं। दरअसल, सैयद परिवारों में उसके जोड़ का दूल्हा मिलना असम्भव-सा था। ऊपर से उनका परिवार हिन्दुस्तान के सैयद परिवारों में सबसे ज़्यादा पैसेवाला भी था। यदि वे लोग अपनी बिरादरी में किसी कम पैसे वाले के यहाँ भी सम्बन्ध करने का मन बनाते, तो वहाँ ऐसी बदहाली थी कि न सूरत, न सीरत! पर मिज़ाज ऐसे कि आसमान के पार जाएँ। झक मारकर जब पाकिस्तान में दो-चार सैयदी

लड़कों की टोह ली गई, तो वे भी रज़िया के सामने एकदम 'गावदी' लगे। अपने से कमतर ख़ानदान में निकाह करने से बिरादरी में नाक कटने का भय था और उनकी बिरादरी एवं हैसियत का दूल्हा मिलना एक तरह से नामुमकिन था।

हाँ! रज़िया में एक कमी ज़रूर थी (यदि उसे कमी कहा जाए तो) कि उसकी कनपटी के पास चाँद की तरह ही, एक हलके भूरे रंग का दाग़ था। कहते हैं, कभी-कभार जन्म के समय 'ओलनाल' छू जाने से ऐसे दाग़ हो जाते हैं, जो किसी भी तरह मिटाए नहीं मिटते। हालाँकि आज के युग में यह एक निहायत ही बेमानी-सी बात है, पर बहाना तो ग़लत समय पर छींक आने का भी बनाया जा सकता है।

रज़िया के 'सैट' के बढ़िया नतीजे विदेशी विश्वविद्यालयों के अनाप-शनाप बुलावे और मेरे दिखाए सपनों ने ज़ीनत बेग़म के दिमाग़ में बेहद हलचल पैदा कर दी थी। वे हर वक़्त बौखलाई रहतीं और वजह-बेवजह रज़िया पर ख़फ़ा होती रहती थीं। उनका ग़ुलाम मन रज़िया के आज़ादी वाले परों को अपने मज़हब की कैंची से काटने को बेताब था, जिसका कुछ-कुछ अन्दाज़ा मुझे भी था।

यूनिवर्सिटी के भेजे निःशुल्क टिकट पर मैंने जी-तोड़ मेहनत कर रज़िया का पासपोर्ट और वीज़ा बनवा लिया, पर हुआ क्या? जब मैं उसका टिकट और वीज़ा लेकर उसके घर पहुँची, तो रज़िया का कोई अता-पता नहीं था। चूँकि उस दिन हमारा मिलना तय था, इसलिए मैं चकित थी कि उस जैसी गम्भीर लड़की ने यह लापरवाही कैसे की? फिर यह सोचकर कि वह आसपास कुछ लाने गई होगी, मैंने ज़ीनत बेग़म से पूछा, "भाभी जान! रज़िया कहाँ है?"

उनका जवाब किसी भी मनुष्य को केवल निर्वाक् नहीं बल्कि पत्थर-सा स्तम्भित करने को काफ़ी था। उन्होंने एकदम रूखे स्वर में मुझे टका-सा जवाब पकड़ा दिया, "अपनी ससुराल गई है।"

"ससुराल? कहाँ? किनके यहाँ? निकाह कब हुआ? क्या आपने रिज़वान को क़ुबूल कर लिया?"

"भई कोमल! इतनी ढेर-सी बकवास करके हमारा सर न खाओ। खाड़ी से उसके करीम चचाजान (अत्यधिक धनाढ्य) आए थे, वे ही उसका निकाह करवाने उसे अपने साथ ले गए।"

"भाभीजान! आपने न दूल्हे को देखा-परखा और न ही उसके घरवालों को! बस धकेल दिया बेटी को आँख मूँदकर, किसी हरम के अन्धे कुएँ में! कैसी माँ हैं आप? देखिएगा, आपको ज़िन्दगी भर रातों को नींद नहीं आएगी और आप पर ख़ुदा का क़हर बरसेगा।"

जीवन में आज पहली बार न जाने कहाँ से मेरे मुँह से लगातार बददुआएँ निकल रही थीं कि उस दृश्य में रज़िया के अब्बा यूसुफ़ भाई अपने ढेरों सहमना रिश्तेदारों को साथ लिये आ धमके और मेरा घेराव कर, मुझे जान से मारने की धमकी देने लगे। भला हो हमारे संरक्षक पुलिस कमिश्नर कृष्णेन्दु दा का कि सकीना की ज़रा-सी सूचना पर वे ख़ुद हमारी राहत के लिए वहाँ आ पहुँचे, लेकिन यह देखकर मेरे आश्चर्य का कोई ठिकाना नहीं रहा जब उन्होंने न तो उन लोगों से कोई ख़ास दरियाफ़्त की और न ही उन लोगों को गिरफ़्तार करने की मेरी दर्ख़्वास्त पर ही ध्यान दिया। इतना ही नहीं, उन्होंने हमें ही अपने साथ बाहर आ जाने को कहा। हमारे साथ बाहर आने के बाद वे अपने कान पकड़ते हुए बोले, "खोमा कोरो। पर यह मेरे अधिकार में नहीं है। यदि मैं उन्हें हलका-सा हाथ भी लगा देता, तो वे इसे 'अल्पसंख्यकों के हितों पर हमला' की संज्ञा देकर, आज ही एक बड़ा राजनीतिक बवाल खड़ा कर देते, जो बढ़कर साम्प्रदायिक दंगों का रूप भी ले सकता था। सच मानो हम चाहकर भी इन मामलों में कुछ नहीं कर सकते, क्योंकि हमारे हाथ क़ानून की बेड़ियों से जकड़े हुए हैं।"

कृष्णेन्दु दा की संवेदनशीलता से सुपरिचित मैं उन्हें दोष तो किस मुँह से देती, पर राजनीति से परहेज़ करनेवाला मेरा मानस आज बार-बार अतीत में लौटकर यह खोज रहा था कि किसने इस तरह के बेहूदा क़ानून बनाए हैं! आख़िर एक ही देश के नागरिकों के लिए अलहदा-अलहदा क़ानून कैसे हो सकते हैं?

समय बीत रहा था, पर रज़िया का कोई अता-पता नहीं था। राम जाने उसे धरती खा गई थी या आसमान लील गया था, जो हमें उस 'बच्ची' का कोई भी समाचार कहीं से भी नहीं मिल रहा था। मैंने रज़िया की अमेरिका वाली फूफी को भी टटोलने की कोशिश की, लेकिन उनका फ़ोन भी 'नो-रिप्लाई' होता रहा। इसकी एक वजह उनका वापस लौट जाना भी हो सकता है, सोचकर मैंने बेशर्मी से ज़ीनत भाभीजान को यह कहते हुए फ़ोन किया कि मैं अमेरिका जानेवाली हूँ, इसलिए यदि किसी जान-पहचान वाले का फ़ोन या पता पास में हो, तो सुविधा रहेगी, मेहरबानी कर वे मुझे ज़रीन का नम्बर दे दें। पर उस चतुर माँ ने तुरन्त सफ़ेद झूठ बोल दिया, "कोमल! यक़ीन मानो, मेरे पास उसके नम्बर नहीं हैं।"

"भाभीजान! यूसुफ़ भाई से..." कहते न कहते उधर से लाइन काट दी गई थी।

बेटी न होने के कारण मैंने अपने सारे सपने उस चार साल की रज़िया में ही बो दिए थे। मैं उन बीजों से फूटते अँखुए और उस पौधे के विकास के प्रत्येक पल की साक्षी हूँ। न केवल उसकी पढ़ाई-लिखाई के निर्णय, बल्कि आज के युग के अनुरूप उसे तराशने में मैंने किसी सधे हुए संगतराश-सी ही मेहनत की थी। अनगढ़े हीरे को कोहेनूर बनाना क्या सरल होता है?

किसी बूढ़े माली का ख़ुशबूदार फूलों से महकता प्रिय पौधा, छेनी और हथौड़ी से छिली अँगुलियों वाले संगतराश की अनुपम मूर्ति, उम्रदराज़ जौहरी का कोहेनूर, यदि लुट जाए, तो उनकी जो 'गत' होती है, कुछ-कुछ वैसी ही हालत मेरी भी हो रही थी।

मुझे रह-रहकर 'बाज़ार' सिनेमा में नायिका का 'पर-कटी कबूतरी' की तरह ज़मीन पर लोटकर दर्द से छटपटाना और जीन सैसन की उपन्यास-त्रयी की 'प्रिंसेस' में चित्रित हरम के नारकीय दृश्य दर्द और जुगुप्सा से भर रहे थे।

दर्द को लगातार सहना कठिन होता है, इसलिए ऊपरवाले को दो-चार गालियाँ देकर मैंने मन पर पत्थर रख लिया था। लेकिन स्मृतियाँ! उनकी अपनी

ज़िदें होती हैं, इसलिए वे अकसर ही मेरे ऐकान्तिक क्षणों में कौंधकर मुझे व्याकुल कर देतीं और मेरा हृदय रज़िया की याद से कराह उठता।

हालाँकि समय का मरहम अपना काम कर रहा था, पर ज़ख़्म भर जाने पर भी उसका दाग़ तो रह ही जाता है!

मेरे जीवन से रज़िया को विदा हुए लगभग सातेक वर्ष हो गए थे। यह अरसा उसकी यादों को धुँधला तो कर चुका था, पर पूरी तरह मिटा नहीं पाया था कि मैनहट्टन (न्यूयॉर्क) के बड़े हॉल के बाहर एक कुर्सी पर बैठी मैं उन काग़ज़ों को तरतीबवार सजा रही थी, जिन्हें आज दोपहर मैं एक ख़ास अन्तर्राष्ट्रीय संगोष्ठी में पढ़नेवाली थी कि इतिहास के पन्ने फड़फड़ाए और जीवन्त होकर मेरे वर्तमान में आ खड़े हुए।

किसी की 'नरम-नाज़ुक' अँगुलियों ने मेरी आँखें मूँद रखी थीं, जिन पर हाथ फेरकर कोहनियों तक पहुँची हुईं मेरी हथेलियाँ कुछ भी नहीं भाँप पा रही थीं। न्यूयॉर्क के सारे परिचितों के नाम लेकर जब मैं थक गई, तो मैंने झुँझलाए स्वर में कहा, "कौन है भई? मज़ाक़ छोड़ो और सामने आ..." मेरा वाक्य अधूरा ही था कि मेरी आँखें छोड़ने के साथ ही एक चिरपरिचित मीठा स्वर गूँजा, "आऽऽ पाऽऽ!" अपने कानों पर भरोसा न करते हुए मैंने आँखों का सहारा लिया और उम्र का लिहाज़ किए बिना, सारे काग़ज़ों को ज़मीन पर इधर-उधर उड़ाते हुए झटके से उठकर पीछे मुड़ी और संसार के 'प्रथम और अन्तिम आश्चर्य' को देखकर चिल्ला उठी, "रज़ियाऽऽ! माशा अल्लाह, तू ज़िन्दा है?"

"नहीं आपा! यह मेरा भूत है, जो आपको खाने आया है, हूँ...हूँ मानुष गन्ध..." मैंने रज़िया के मुँह पर हाथ धरते हुए, उसे इतने ज़ोर से चिपका लिया कि रज़िया ने फिर मसखरी की, "आपा!...गई मैं तो!...गईऽऽऽ! मेरी सारी हड्डियाँ गईं!"

जैसे गाय अपने बिछड़े बछड़े को चाटती है, उसी ललक से मैं उसके चेहरे, गरदन, कान, हाथ-पैर, पीठ सब पर हाथ फिराने लगी। अन्धे को आँखें मिलने के आनन्द की तरह ही आज मेरे आनन्द का कोई पारावार नहीं था।

हमारे ऊँचे स्वरों को सुनकर मेरे और साथी वहाँ दौड़ते-से आए और हमारी भीगी आँखें और उमगते चेहरों को देखकर बिना कुछ कहे-सुने ही अभिभूत हो गए!

मैंने तुरन्त जाकर रजिस्ट्रार महोदय से अनुरोध किया कि यदि वे मेरा पर्चा आगामी सत्र के लिए स्थगित कर दें, तो बहुत मेहरबानी होगी। जब उन्होंने बिना किसी हील-हवाले के इसे स्वीकार कर लिया, तो मैं दौड़ती-सी रज़िया को लिये हुए अपने कमरे में जा घुसी।

रज़िया मेरी उद्विग्नता और उतावलेपन को समझ रही थी, इसलिए उसने धीरज भरे शब्दों में आहिस्ता-आहिस्ता बताया, "आपा! मैं आपको वीज़ा वाले दिन से आज तक की पूरी कहानी सुना देती हूँ, क्योंकि यदि आप प्रश्न पूछेंगी, तो बात बेसिरे से शुरू होकर अन्धी गलियों में भटक जाएगी।"

अरे वाह! यह लड़की तो जहाँ खड़ी थी, वहाँ से भी बहुत आगे बढ़ गई है! सोचकर मैंने फिर से हुमुककर पहले तो रज़िया को मचमचाकर प्यार किया, फिर कहा, "पर पहले केवल दो प्रश्न प्लीज़! ख़ाली दो प्रश्न!" रज़िया की गरदन हामी में हिलते ही मैंने पूछा, "रज़िया! तुमने मुझे यहाँ ढूँढ़ा कैसे? और दूसरा, तुम्हारे चेहरे का वह दाग़ कहाँ गया?"

रज़िया ने एकदम शान्ति से उत्तर दिया, "आपा! अमेरिका पहुँचते ही मैंने सबसे पहले आपसे सम्पर्क करना चाहा, पर पुराना 'लैपटॉप' न होने के कारण याददाश्त पर आधारित आपकी ई-मेल आई.डी. गड़बड़ा गई थी और मेरी समझ से आप लगभग दो महीनों से विदेश में हैं, क्योंकि आपका हिन्दुस्तानी फ़ोन घर पर होने के कारण बन्द पड़ा है। कई जगह टक्कर मारने के बाद इत्तफ़ाक से जब सकीना आंटी की लाइन मिली; और उन्होंने बताया कि आप फलाँ तारीख़ को यहाँ होंगी, तो फिर भला मुझे कौन रोकता? मैं 'परों' पर उड़ती हुई, आपके पास आ गई। और हाँ दाग़! तो आपा, आप तो जानती ही हैं कि मैं बदमाश नम्बर वन हूँ, इसलिए उस कमीने शेख़ से निकाह वाले दिन मैंने अपने दाग़वाले हिस्से को हलका जलाकर ज़ख़्मी कर लिया। सब जानते हैं कि शारजाह

में एक से एक उम्दा विदेशी डॉक्टर भरे पड़े हैं, इसलिए वे शेख़ साहब के हुक्म से जब मेरे घाव का इलाज़ कर रहे थे, तो मैंने उनसे गुज़ारिश की कि 'यदि वे प्लास्टिक सर्जरी से मेरा यह दाग़ मिटाकर मुझ ग़रीब की मदद कर दें, तो अल्लाहताला उन पर करम करेगा।' इस पर उन्होंने हाथ झटकते हुए कहा, 'नो बिग डील' और मेरा दाग़! छू-मन्तर हो गया।

"अब आप मेरी आपबीती सुनिए : एक नम्बर के हरामी (माफ़ करें) करीम चाचा ने पहले तो ख़ुद मेरी अस्मत लूटनी चाही, फिर उनके बेटों और दोस्तों ने, पर जब मैं किसी के क़ाबू में नहीं आई, तो उन्होंने मुझे एक ख़ूब पैसे वाले शेख़ के हरम के लिए बेच दिया। बख़्शिश ख़ुदा की कि उस शेख़ को न केवल कमसिनों की, बल्कि बहुत ही कच्ची उम्र की लड़कियों की आदत थी। मसला तो उसने मुझे भी, पर जब उसे मज़ा नहीं आया, तब उस दरिन्दे ने अपना ग़ुस्सा दिखाने और मुझे दुखी करने के लिए मेरी मौजूदगी में ही उन छोटी-छोटी लड़कियों को बुलाया और उन पर झपट्टा मारते हुए उनके कोमल जिस्मों में अपने नृशंस नाख़ून और दाँत गड़ा दिए। उनकी हृदय-विदारक चीख़ें सुनकर वह राक्षस और भी मदोन्मत्त हो उठता था और नरभक्षी शेर की तरह उन्हें अपने शिकंजे में जकड़ लेता था। आपा! वे 'रि...रि...' करते स्वर आज भी मुझे सिर से पैर तक सिहरा देते हैं।"

मेरे पास ख़बर थी कि उनमें से बहुत-सी बच्चियाँ तो ऐसे बेरहम बलात्कार के समय मर भी जाती हैं, इसलिए मैंने उन बीभत्स दृश्यों को छोटा करने की गरज़ से बीच में ही पूछ लिया, "तुम वहाँ से भागीं कैसे?"

"हाँ! यह बहुत ही मस्त क़िस्सा है। सबसे पहले मैंने दोपहर के उनींदे समय में चिलमनें हटा-हटाकर उन लड़कियों को ढूँढ़ा, जो मेरी जुबान समझती थीं। उनसे थोड़ी दोस्ती होने पर मैंने उनके साथ मिलकर एक 'फुलप्रूफ प्लान' बनाया, और उसके हिसाब से हमने पहले तो अपने आक़ाओं का मन लुभाकर उनसे ढेरों ज़ेवरात ऐंठ लिये और फिर

चारों ओर नज़रें घुमाकर किसी लोभी-ग़द्दार को ढूँढ़ना शुरू किया। आपा! हम यह सारा काम इतने आहिस्ता-आहिस्ताकर रहे थे कि एक घंटे के काम को महीना भर लग जाता था। अन्त में तीन सालों तक लगातार घिस-घिसकर हमने पत्थर पर रस्सी के निशान डाल ही लिये और हम नौ लड़कियाँ अलग-अलग रातों को वहाँ से भागकर अपने तस्कर के बताए हुए 'आबू धाबी' वाले अड्डे पर पहुँच ही गईं। उसने हमें हमारे पासपोर्ट, वीज़ा आदि वहाँ दिलवा तो दिए थे, पर उसकी हिदायत के अनुसार, हमने पहले कई इस्लामी देशों की यात्रा की, और फिर अमेरिका आए।

"आपा! मैंने आपको सारी बातें 'अब्रीज़्ड फॉर्म' (संक्षेप) में बताई हैं, क्योंकि इस छह साल के दर्द और संघर्ष ने मुझे एक बात पुख़्ता तौर पर समझा दी है कि ख़ुशी को बार-बार याद करो और दुख को भूले से भी कभी ख़ुद में मत झाँकने दो। आपा! आपको यह जानकर अच्छा लगेगा कि मैंने यहाँ आते ही सबसे पहले रिज़वान को मेरी सारी डिग्रियों सहित यहाँ आने का निमंत्रण दे दिया है। आश्चर्यजनक ढंग से उसने भी इसी बीच ख़ासी डिग्रियाँ हासिल कर ली हैं और उनके साथ ही एक बड़ी नौकरी भी।

"आपा! मैं आपको यह तो बताना ही भूल गई कि हम नौओं भागी हुई लड़कियों ने एक संगठन बनाया है, जिसके अन्तर्गत हम खाड़ी में फँसी लड़कियों को आज़ादी मुहैया कराने की कोशिश करते हैं। चूँकि अभी हमारे पास बहुत पैसे और साधन नहीं हैं, इसलिए हम यह काम बड़े पैमाने पर नहीं कर पा रहे हैं। पर आपा! मुझे रोज़ उगते इस नए सूरज पर, इस आकाश पर, इस हवा पर, इस धरती पर और इस पर बसनेवाले बाशिन्दों पर बेइन्तिहा भरोसा है; भरोसा है आपके दिलाए अहसास पर, कि अच्छा काम करते वक़्त रास्ते में कुछ काँटे और रोड़े भी आएँगे, पर यदि उनसे डरे बिना कोई बन्दा आगे बढ़ता जाएगा, तो फिर ख़ुदा की भी हिम्मत नहीं है कि उसे क़ामयाबी के हिमालय की फ़तह से रोक सके। आपने पूरे यक़ीन से हमें यह भरोसा भी दिलाया है कि 'यदि तुम लोग अपने आपको पूरी तरह

अच्छे कामों को सौंप दोगी, तो ऊपर बैठे उस 'मौला' की क्या औकात, जो वह दौड़ा नहीं चला आएगा?' तो बस आपा! उन्हीं भरोसों पर हमने इस आग में हाथ डाला है।''

रज़िया के इस 'बड़े सोच' ने मुझे आह्लादित कर मेरी हिम्मत बढ़ा दी थी, इसलिए मेरे मुँह से बेसाख़्ता निकल गया, ''रज़िया बच्चे! अब यूसुफ़ भाई और भाभीजान को भी माफ़ी दे दो ना।''

''आपा! आपकी शागिर्द हूँ, इसलिए इस भलमनसाहत से इत्तफ़ाक़ रखती हूँ। पर आपा! पहले मैं यहाँ अच्छी तरह से पैर जमा लूँ, फिर यह सब सोचूँगी। अभी मुझमें इतनी ताब नहीं है कि अपनी ज़िन्दगी के खुरदरे रास्ते को समतल बनाए बिना और मुसीबतों को न्योता दे दूँ। पर यक़ीन मानिए! कुछ लायक होते ही मैं उन्हें ज़रूर बुला लूँगी।

''आपा! यदि साधारण समझ के औसत आदमियों को एक ज़हीनतरीन इनसान माफ़ी न दे सके तो उसकी समझ, किसी जाहिल की समझ से बेहतर कैसे मानी जाएगी? जाहिल आदमी तो फिर भी क़ाबिले-माफ़ी है, पर यदि कोई तहज़ीबयाफ़्ता यह ग़लती करे, तो उसे तो उस रहमदिल परवरदिग़ार के दरबार में भी माफ़ी नहीं मिलेगी। आपा! आप बेफ़िक्र रहें, मैं आपके नमक को लजाऊँगी नहीं। मेरा रोम-रोम आपका क़र्ज़दार है। आपकी दी हुई हिम्मत की बदौलत ही आज मैं यहाँ खड़ी हूँ। मेरे लिए आपकी मंशा उस ऊपरवाले के हुक्म से भी बढ़कर है। देखिएगा, कुछ ही दिनों में आप उनके बारे में यह ख़ुशख़बरी सुन लेंगी।''

हमें पता ही नहीं था कि अजाने ही मेरी और रज़िया की आँखों से आँसू बहे जा रहे हैं। हम दोनों ने शरमाते हुए उन्हें अपनी कोहनियों से पोंछा और एक-दूसरे से यों चिपक गए जैसे कई जन्मों से बिछड़ी हुई माँ-बेटी हों।

रज़िया ने अपने कहे का मान रखते हुए, तीन-चार महीने बाद ही ज़ीनत भाभी और यूसुफ़ भाई को अपने पास बुला लिया।

संगोष्ठी ख़त्म होने के बाद मैं भारत लौटी ही थी कि सारे अख़बारों, टी.वी., रेडियो आदि पर नारे की तरह एक ही नाम गूँजता सुनाई पड़ा, मलाला यूसुफ़ज़ई! मलाला यूसुफ़ज़ई! मलाला जैसे मसले से मेरे दिल का

क़रीबी रिश्ता होने के कारण मैंने अपने सारे कामों को ताक पर रखकर, सबसे पहले उसकी किताब उठाई, और यह देखकर विस्मय से भर गई कि वह उस गिलहरी जैसी है, जिसने श्रीराम की मदद लंका का पुल बनाने में इसलिए की थी कि वे सीता को मुक्त करा सकें। ध्यान देने की बात है कि मलाला के अब्बू रज़िया के अब्बू से एकदम उलटे थे। वे एक जाग्रत् इनसान थे। पर क्या उन्हें जगाने में रज़िया जैसी लड़कियों के बलिदान की कोई भूमिका नहीं थी? जब एक छोटा-सा कंकड़ तक नदी में लहर पैदा कर सकता है, तो इन हिम्मतवर लड़कियों के छोटे-छोटे पत्थरों ने क्या 'आज़ादी का एक पुल' नहीं रच-बुन दिया था? क्या सूर्य की इन किरणों ने ज़ुल्मों के घटाटोप अँधेरे में छेदकर रोशनी नहीं भरी होगी?...मेरा मानना है, कहीं न कहीं कोई न कोई फ़र्क़ ज़रूर पड़ा होगा!

एक बन्दा रश्क-ए-ख़ुदा

"अरुण! क्या ही लड़की है यह अनन्या। जब से उससे मिली हूँ, बस उसी का चेहरा आँखों के सामने घूम रहा है। पता नहीं क्यों उसके लिए मन में एक खिंचाव-सा हो रहा है। लगता है, मैंने इससे मिलते-जुलते किसी चेहरे को ख़ूब देखा है, पर कुछ याद नहीं आ रहा है, और मन है कि किसी भूल-भुलैया के चक्कर काटे जा रहा है।"

"मंजुल! कल से देख रहा हूँ कि तुम बार-बार उसी लड़की का ज़िक्र कर रही हो। तुम इतनी बड़ी कम्पनी की एम.डी. हो और इसी शहर की निर्मिति होने के कारण तुम्हारा परिचय-संसार भी बहुत बड़ा है। हो सकता है, उसी भीड़ में तुम उससे भी कभी टकराई हो।"

मेरे चेहरे की उलझन कम न होती देखकर अरुण ने सुझाव दिया, "मंजुल, भगवान ने जब तुम्हें फ़ोटो-मेमरी से समृद्ध कर रखा है, तो तुम उसका दरवाज़ा क्यों नहीं खटखटातीं?"

अरुण का कहना था कि मेरे सामने सिनेमा की तरह रील-पर-रील खुलने लगी, और समय ने अपना अग्रगामी रुख़ अतीत की ओर मोड़कर मुझे पाँच दशक पहले की उस गली में पहुँचा दिया, जहाँ चाँपाकल (गंगाजल का चहबच्चा) की उलटी ओर स्थित, पँचतलिया मकान के पचास परिवारों में से ही एक नख़राला परिवार हमारा भी था।

हरियाणवी, बीकानेरी, मेवाड़ी, शेखावाटी, हीरवाटी आदि राजस्थानी उपभाषाओं के लोगों से सजा-बजा यह मकान सर्वदा चहचहाता रहता था। इसके रहवासी साधारण आकांक्षाओं वाले मध्यवित्त गृहस्थ थे, और अपने सादेपन और सहजता में मगन रहते थे। यदि कोई परिवार अपने बरामदे में

ऊपर टंकी चढ़ाकर स्वतंत्र स्नानागार की सृष्टि कर ले, या कोई सेकंड हैंड गाड़ी, फ्रिज़ या फ़ोन ले आए, तो किसी को ईर्ष्या नहीं होती थी। सब अपने-अपने तरीक़ों में ख़ुश थे, और सबके बीच सौहार्द था।

रोज़ ढलती दोपहर को वहाँ की सारी गृहिणियाँ साड़ी के पल्लू से सिर ढँके आँगन में झाँकते गोल गलियारे में निकल आतीं और सारी बोलियों के मिश्रण से बनी राजस्थानी 'क्रियोल' (खिचड़ी भाषा) में गप्पें लगाने लगतीं। लेकिन मध्य दिसम्बर की एक दोपहर को इसमें एक ज़बर्दस्त व्यतिक्रम हुआ। उस दिन बच्चों और पतियों को स्कूल-ऑफ़िस भेजकर, जब वे सद्गृहिणियाँ अपनी कमर सीधी कर ही रही थीं कि सब की 'सेनापतनी बोथरा मासी' के 'हेलो' से पूरा मकान गूँजने लगा। 'ओ जिठाणी जी! ऐ सन्तोषरी माँ! ऐ बिजयरी माँ! ऐ श्यामै री बींदणी!', और इसी तरह अमुक की माँ और फलाँ की बींदणी की पुकार के प्रत्युत्तर में वह बरामदानुमा गलियारा मिनटों में ही पचहत्तर प्रतिशत भर गया। वैसे इनमें से अधिकांश चेहरों पर उत्सुकता कम और आराम में ख़लल पड़ने की झुँझलाहट ज़्यादा थी। कनपुरिया भालोटिया चाची ने तो नख़रे से नकियाते हुए कह भी दिया, ''यँह मँकानँ हैं याँ सँब्ज़ीमंडी। मँजुल की माँ, आँखिर बाँत क्याँ हैं?'' पर उनका प्रश्न अधर में ही लटकता रह गया, क्योंकि यह महिला दल 'सेनापतनी जी' से भयभीत भक्त दल था।

औरतों का इतना बड़ा झुरमुट इकट्ठा हो और कोई झकझक न हो, यह कैसे सम्भव है? और आज तो ये सारी महिलाएँ सुबह से ही अपने 'छुट्टे' नौकरों को फुसफुसाते हुए सुन रही थीं, ''अरे भाई! का बतावैं! घोर कलजुग आय गवा है, जानै केकरा पाप का पोटला, बीच रास्ते में खुल्ला पड़ा है!'' उन लोगों ने नौकरों की यह बात उस वक़्त तो कान तले मार दी थी, पर अब वही बात वहाँ अतिरिक्त मिर्च-मसाले के साथ दुहराई जा रही थी।

यदि पचास सिर हिल-हिलकर एक साथ ज़ोरों से बात करें तो उसका 'डेसीबल' (ध्वनि-माप) कितना ऊँचा पहुँच जाएगा, इसकी कल्पना सहज ही की जा सकती है। इस बकबक को आसमान छूते देखकर,

'बोथरा मासी' की त्योरियाँ खिंच गईं। उन्होंने जिस 'तूफ़ान-सावधान' वाली 'हुंकार' से सबका आह्वान किया था, वह महाभारत की तरह ही मूलकथा से ज़्यादा उपकथाओं के जंजाल में फँसने लगी थी। अपना प्रयास अकारथ जाते देख, उन्होंने अपने माथे पर दोहत्थड़ मारकर कहा, "माथो खराब हो म्हारो! जो था लोग्गाँ नै हेल्लो मार्‌यो (मेरा दिमाग़ ख़राब था जो तुम लोगों को आवाज़ दी)।" पर सारे मुँहों को एक साथ 'माफ़ी-माफ़ी' बोलते देख, उन्होंने क्षमा-मुद्रा में कहा, "ठीक है, तो चालो सब एक तल्ले रै बरंडा मा।"

मिनटों में ही फर्र-फर्र करती वह महिला-बरात वहाँ जा मौजूद हुई और 'सेनापतनी जी' द्वारा इंगित कोने को देख! 'हैंऽऽऽऽ' शब्द को मन्द्र से तारसप्तक तक खींचती हुई, चमककर पीछे हट गईं, लेकिन उस मकान की सबसे शरारती और ढीठ बच्ची मैं!...चुटकियों में दस-दस सीढ़ियाँ कूद, आँगन पार करती हुई उस कूड़े के ढेर के पास जा पहुँची, जहाँ काले चिथड़े पर शरद पूर्णिमा का चाँद अपनी सोलह कलाओं के साथ खिला हुआ था।

श्रीकृष्ण को बालचन्द्र मिला कि नहीं, यह तो वे जानें! या मेरी माँ की कहानी! पर अगले ही क्षण वह 'छोटा-सा चाँद' मेरी गोद में यों हुमक रहा था, मानो सदियों से मुझे जानता हो, और दूसरों को हर वक़्त हड़कानेवाली उसकी गूँगी माँ, जिसे सब 'पगली' कहकर पुकारते थे, मुझे 'दुर-दुर' करने की जगह प्यार भरी आँखों से देखे जा रही थी। मेरे लेखे उस वक़्त चारों ओर आनन्द का साम्राज्य छाया हुआ था, लेकिन इसके ठीक विपरीत ऊपर हाहाकार मचा हुआ था।

मेरी सारी चाची, ताई, दादी, मौसी आदि एक स्वर में मेरी माँ की भर्त्सना कर रही थीं, जिसका सार कनपुरिया चाची की बोली में यों था, "मँजुँल कीं माँ! बच्चैं कीं सिँर पर चँढ़ाने कीं भीं एँक हँद होतीं हैं। दैंख लींजिए आँपकी बेइन्तिहाँ छूँट काँ नतीजाँ! आँपकी लाँडली कैँसे, उँस पाँप की पोँटली कीं सिँर पर धँरे नाँच रही है। बँस! अब चुँम्मा-चाँटी हीं बाँक़ी हैं और तो सब 'सम्पँटपाँट' हौं ही चुँका है!"

इतने में ही नीचे उस सारी क्रिया-प्रतिक्रिया से अनजान इस सात-साला लड़की ने उस 'पगली' से मिन्नतें कर वह हीरा अपने हाथों में उठाया और उसे ज़ोर से चूम लिया। पूरा-सा याद नहीं है कि अभी मेरे होंठ उसके माथे पर ही थे कि बाहर! कि तभी एक झन्नाटेदार थप्पड़ मेरे गाल पर पड़ा। मैं हैरान! जिस माँ ने आज तक मुझे फूल की छड़ी से भी नहीं छुआ था, उसकी पाँचों अँगुलियों का उभार मेरे गालों पर?...जो हर वक़्त मेरी मेधा और कर्मठता की प्रशंसा करते नहीं अघाती थी, उस माँ ने ऐसा किया!

मैं पत्थर-सी स्तब्ध! एकटक माँ को देखे जा रही थी कि वे मेरे दाएँ हाथ को ज़ोरों से खींचकर, मुझे घसीटती-सी मकान में घुसीं, और मुझे कपड़ों समेत ठंडे पानी के फ़व्वारे के नीचे खड़ा कर दिया।

ख़ैर...कुरुक्षेत्र की युद्धोपरान्त शान्ति! जैसे दो-तीन दिन गुज़रने के बाद ही मैं 'वही घोड़े, वही मैदान' कहावत को सिद्ध करती हुई मैं! मकान की छत पर हिरणी सी कुलाँचें भरती हुई, मोहल्ले भर के लड़कों की 'गुड्डियों' को 'वो काटा', 'वो मारा' करती हुई पेंच लड़ाती दिखी। दरअसल मैं लड़की नहीं!.. बिजली का एक पुंज थी, जिसके शरीर को शरारत की विद्युत-तरंगें हर वक़्त तरंगित करती रहती थीं। बड़े लड़कों की बात-बेबात 'कुटाई-पिटाई' करना जिसका व्यसन था।

बाबू जी की लड़कों से ज़्यादा आस्था लड़कियों में थी, और मेरे बढ़िया परीक्षाफलों के कारण वे मुझे कुछ ज़्यादा ही प्यार करते थे। वे मेरी शरारतों के ख़िलाफ़ दायर की गई सारी याचिकाओं को अपने तर्कों से तुरन्त ख़ारिज कर देते थे, और मैं फिर से शेरनी बनकर, अनेकानेक बहानों से बड़े लड़कों की ठुकाई शुरू कर देती थी। माँ मुझे हर वक़्त सुनाती रहती, "राम जाने! यह लड़की ससुराल जाकर मुझे कितनी बदनामी दिलाएगी।" और इसके प्रत्युत्तर में मेरा शाश्वत जवाब होता, "माँ! बेफ़िक्र रहो, मैं विवाह ही नहीं करूँगी।"

उस 'पगली' की बच्ची के 'बाप' को लेकर हमारे मकान की सारी औरतें ढेरों कयास लगाती रहतीं। कोई आश्चर्य नहीं कि वे रात

के समय अपने सोते पतियों के चेहरे से उस बच्ची का मिलान भी करती रही हों। उनकी दोपहर-मंडली में रोज़ एक न एक नया नाम उभरता, जैसे दवा की दुकान का कम्पाउंडर, होम्योपैथिक डॉक्टर, पनवाड़ी, धोबी और ख़ासकर चौबाइन के उस गोरे पति का! जिसने पगली को अपनी दुकान के गन्दे नाले के पास रात भर सोने की इजाज़त दे रखी थी! पर पक्का कुछ न हो पाता और मजलिस अगले दिन के लिए टल जाती।

इधर वह लड़की!...तौबा! तौबा! भादों की अमावसी काली रात में जादूगरनी के जादू से पूरे चाँद के उगने की परीकथा को सत्य सिद्ध करती हुई, अपनी ख़ूबसूरती से आकाश-पाताल एक करने लगी, और सुन्दरता के सारे प्रतिमानों को तोड़ती वह तीन वर्षीया लड़की गली-मोहल्ले की माँओं के दिलों पर साँप-सी लोटने लगी।

भगवान जाने! वह 'पगली' अपनी बेटी को कब क्या खिलाती-पिलाती थी! पर उसकी बेटी की गठन इकहरी होते हुए भी भरी-पूरी थी। उसके नाक-नक्श और लावण्य लिये गोरा रंग उसे एक ऐसी सुनहरी आभा से मंडित किए रहते थे कि उसके सामने 'टस्कनी' और कश्मीरी औरतों का सौन्दर्य भी मात खा जाए! ऊपर से! हँसते समय उसके गालों में पड़ते गड्ढे तो हम सब बच्चों को नाचने के लिए बाध्य कर देते थे। शुरू-शुरू में मुझे बिगड़ैल मानकर धिक्कारती 'माँएँ' भी अब मुझसे ही नहीं, अपने बच्चों से भी उस बच्ची की खोज-ख़बर लेने लगी थीं, और अपनी 'पड़ोसन-मजलिस' से छिपाकर बच्चों की उतरनें, पुरानी साड़ियाँ, चादरें आदि पगली को देने लगी थीं।

उस मकान के तीस-चालीस छोटे-बड़े बच्चों ने ख़ूब सोच-समझकर उसका नाम रखा—'मोहिनी' और सबके सब उस पर नारद की तरह आसक्त हो गए। सुबह स्कूल जाते वक़्त हम उसे 'मचका-मचकू' कर दूर तक 'टाटा-बाय-बाय' करते और स्कूल से लौटते ही, सीधे उसे अपनी पीठ पर लटकाकर छत पर ले जाते। वह बन्दी भी अब ख़ूब होशियार हो गई थी; जब अपनी जीत पर हम यह

कहते कि 'मोहिनी! ताली बजा' तो वह काला धागा बँधी अपनी गोरी कलाइयों और हथेलियों से तालियाँ बजा-बजाकर हम सबका मन मोह लेती थी।

पर ऊपर बैठा वह नाट्यकार यदि धरती पर ही स्वर्ग उतार दे, तो फिर उसे कौन याद करे?

जाड़े की अँधेरी आधी रात के बाद का समय ठहरकर!...उस गूँगी की मूक चीख़ों से ऐसा भरा मानो सारी कायनात दर्द से कराह उठी हो। बन्द कंठ से फूटती चीत्कारें! बेबस गूँगी की वह घों-घों आवाज़! जब तक बन्द दरवाज़ों को पारकर वहाँ के लोगों तक पहुँचती, उसके पहले ही वह वहशी दरिन्दा वहाँ से भाग छूटा था। आदमी के भीतर छिपी उसकी आदमख़ोर कामुक प्रवृत्ति आज उस नन्ही बच्ची को अपना ग्रास बनाने ही वाली थी कि रक्ताक्त होने के बावजूद पगली के सशक्त प्रतिरोध और खटाखट खुलते दरवाज़ों ने उस नर-पिशाच से मोहिनी को बचा लिया था। आज भी जब उस नृशंस घटना की स्मृति-मात्र तन-मन को सिहरा देती है, तब सहज ही कल्पना की जा सकती है कि उस समय हम बच्चों का क्या हाल हुआ होगा? इस कांड के बाद जब हलवाइन ने पगली को अपनी दुकान के कोने में सोने की जगह दे दी, तब जाकर हमारी बच्चा टोली की रातों की नींद और ख़ुशियाँ लौटीं, और हमारे रात-दिन फिर से मोहिनी रूपी सूर्य के चारों ओर घूमने लगे।

तभी मेरे पिता जी ने दूर मुहल्ले में बिना आँगन वाले मकान में एक फ़्लैट ले लिया। उसका साफ़-सुथरापन मुझे उस गन्दे मुहल्ले के विनिमय में बिलकुल भी नहीं सुहाया, लेकिन बड़ों की दुनिया में हम बच्चों की संवेदनशीलता को समझने का अवकाश किसे होता है?

मैं रोज़ स्कूल की टिफिन छुट्टी में, उस मकान के दोस्तों से मोहिनी के हालचाल पूछकर, अपने कल्पना-लोक में ही मोहिनी के साथ खेल लेती थी कि मेरी माँ की महत्त्वाकांक्षा ने मुझे एक क्लास ऊपर 'कुदाने' के चक्कर में, एक नए स्कूल में भर्ती कर दिया। अब मेरे पास मोहिनी की खोज़-ख़बर का कोई ज़रिया नहीं बचा था।

मोहिनी से सम्बन्धित सूचना-तंत्र को छिन्न-भिन्न हुए एक अर्सा हो चुका था कि अचानक माँ ने मुझे एक ख़बर सुनाई, "ऐ मंजुल! तेरी उस पगली की बेटी के तो भाग्य ही खुल गए। एक ऊँचे ख़ानदान के सन्तानहीन जज ने उसे गोद ले लिया है।"

"माँ! उसकी माँ कैसी है?"

"अरे भई! अफ़वाह तो यह है कि बेटी का जाना सुनकर ही उसने खाना-पीना छोड़ दिया था, पर ये सब मनगढ़न्त क़िस्से ही होंगे! उस पगली में इतनी बुद्धि थोड़े ही थी कि उसे अपनी बेटी का ऐसा विरह व्यापता?"

माँ के यह कहते ही मेरे मुँह से यकायक निकल गया, "माँ! तुम कैसी हो? तुम्हें एक ग़रीब माँ का दुख भी दुख नहीं लगता! पर सच बताओ, क्या तुम मेरे जाने के दुख में मर सकती हो?"

यह सुनते ही मेरी माँ का मुँह खुला का खुला रह गया। उन्होंने मुझे ज़ोरों का एक थप्पड़ मारते हुए कहा, "बहुत कतरनी-सी ज़बान चलने लगी है! तुम्हें होश भी है कि क्या बक रही हो?"

शायद माँ की बात सही ही रही होगी, पर उस समय मेरे मन में जो हाहाकार मचा हुआ था, क्या उसे मापने का कोई भी मीटर किसी के पास था? मुझे ऐसा लग रहा था मानो मेरे सपनों के देश की परी को कोई राक्षस उठाकर ले गया और उसकी दीन-हीन माँ उसे बचा नहीं पाई! मैं मन ही मन अपने माँ-बाप को भी कोस रही थी, जिनके कारण मेरा सोने-सा संसार टूट-फूट गया था।

बच्चों की दुनिया का खेल ऐसा ही होता है, जिसमें मिट्टी के एक खिलौने की क़ीमत हीरे-जवाहरात के भंडार से कहीं ज़्यादा होती है।

समय की नदी अभी एकाध वर्ष ही आगे बही होगी कि मेरी स्कूल बस एक नई जगह पर रुकी और प्रथम कक्षा की एक अत्यधिक ख़ूबसूरत लड़की उसमें चढ़ी। बस की सारी लड़कियाँ सम्मोहित-सी उसे एकटक देखे जा रही थीं और वह बच्ची भी अपने पूरे चेहरे को 'मनहरती' मुस्कान-से भरे, बस के कोने में बैठकर, सबको टुकुर-टुकुर देख रही थी। थोड़ी

ही देर में, बस की लड़कियाँ उसे घेरे हुए, खड़ी-बैठी थीं और ड्राइवर चिल्लाए जा रहा था, "अरे! बस का भार गड़बड़ा रहा है! जाओ, सब चुपचाप अपनी-अपनी जगह पर बैठो।" पर लड़कियाँ थीं कि बहरी-सी उसकी चिल्लाहट को अनसुनी करते हुए उस अपरूप सौन्दर्य को घेरे हुए निहारे जा रही थीं।

उस प्राइमरी की बस की सबसे वरिष्ठ छात्रा मैं थी, इसलिए रोबीली आवाज़ में बोली, "चलो! बैठो सब अपनी-अपनी जगह।" और 'धच्च' से उसके पास बैठती हुई बोली, "तोमार नाम?"

"तृषा!" यह सुनते ही मेरी स्थिति ऐसी हो गई, जैसे भरी दोपहर में मेरा ख़ज़ाना लुट गया हो।

घर लौटते ही जब मैंने अपने से आठ वर्ष बड़े भाई को यह बात बताई, तो वे बोले, "अरे मूर्खाधिराज! जिन्होंने उसे गोद लिया है, उन्होंने ही उसका यह नया नामकरण किया होगा। तुम कल उसके पिता जी का नाम और काम पूछकर आना, फिर देखेंगे।"

इस पूरी दुनिया में एकमात्र मेरे ये भाई ही ऐसे थे, जो हम बच्चों की सारी बातों को पूरे मनोयोग से सुनकर, हमें रास्ता सुझाया करते थे। बाक़ी के बड़े वे, पूरी कहानी तो दूर, एक शब्द सुनते ही 'भागो यहाँ से और जाकर पढ़ो' ब्रह्मास्त्र का प्रयोग कर हमें दफ़ा कर दिया करते थे। ख़ैर, भाई की बातों से आशान्वित होकर, मैं गहरी नींद में सो गई।

सारी रात सुनहरे सपने देखने के बाद जब मैं सुबह उठी, तो चहकता मन, चिड़िया की तरह ऊँचे आकाश में उड़कर अपने गन्तव्य तक पहुँचना चाहता था। उस दिन जीवन में पहली बार मैंने ख़ुद को समय से पहले स्कूल बस के अड्डे पर खड़ा पाया। ड्राइवर मुझे आश्चर्य से घूरे जा रहा था कि दसियों हॉर्न मारने के बाद भी, दौड़ती-भागती-सी आनेवाली यह मंजुल! आज यहाँ अभी से कैसे?

बहरहाल, बस जब यथास्थान पहुँचकर तृषा के लिए रुकी, तो मेरे हाथों के रोम 'सिर्र-सिर्र' करने लगे। पर यह क्या? वहाँ तृषा जी नदारद थीं। उस समय मेरी बदहाली उस किसान जैसी थी जिसकी भरी फ़सल

को पाला मार गया हो। दूसरे दिन ड्राइवर जी की मिन्नत करने पर उन्होंने बताया, ''तृषा के पिता किसी बड़े पद पर दिल्ली चले गए हैं।'' यह सुनते ही मैं ऊपर बैठे उस दुष्ट भगवान को यह उलाहना देते हुए धुआँधार कोसने लगी, ''क्या तुम उन्हें एक दिन बाद बाहर नहीं भेज सकते थे?''

पृथ्वी अपनी धुरी पर घूमती जा रही थी! उत्तरायण-दक्षिणायन घट रहे थे! सूरज-चाँद भी उग-डूब रहे थे! ऋतुएँ भी आ-जा रही थीं! पर मेरे जीवन में मोहिनी उर्फ़ तृषा रूपी चाँद को शाश्वत ग्रहण लग गया था। क्रमशः इस होनी को स्वीकार कर मैंने भी उसे अपने स्मृति-आकाश से विदा कर दिया।

एक लम्बे अर्से के बाद मैं एक दिन बी.ए. का परीक्षा प्रवेश-पत्र लाने के लिए उसी बस से कॉलेज जा रही थी कि बारहवीं कक्षा की एक नई लड़की बस में घुसी। बारहवीं कक्षा में प्रवेश पाना तो असम्भव-सा है, सोचकर मैं उस लड़की को गौर से देखने लगी। न जाने क्यों मुझे लगा कि हो न हो यह 'वही लड़की' है! पर तभी कॉलेज आ गया और समयाभाव एवं परीक्षा के तनाव के कारण मैंने न तो उससे कोई बात की और न ही किसी से कोई पूछताछ की।

परीक्षा के बाद तहक़ीक़ात करने पर पता चला कि वह बोर्ड परीक्षा की तैयारी में ज़ोरों से जुटी हुई है, इसलिए विशेष कक्षाओं में भी नहीं आती। परिचय का धागा फिर से पतला होकर टूटने ही वाला था कि मैंने बतौर अन्तिम चेष्टा अपने ड्राइवर जी की शरण ली। चूँकि मैं बचपन से ही उनको जानती थी, इसलिए अपनी उतावली छिपाए बिना ही मैंने उनसे साफ़-साफ़ पूछ लिया, ''रामचन्दर जी! क्या यह लड़की पहले भी इस स्कूल में आई थी?''

''अरे हाँ बचवा! ए ऊही जज साहब वाली बिटिया है। बड़ा ही भला बच्चा है। जब बोलत है तो लागत है, जानो कोयलिया कूकत है।''

इतने-से मालूमात से मेरे सारे मोहरे अपने खाँचों में फिट बैठ रहे थे, पर उनकी पुष्टि का कोई उपाय नज़र नहीं आ रहा था। अन्त में मैंने अपनी उत्सुकता को भविष्य के हवाले कर स्वयं को समझा लिया था

कि मेरी इतनी बड़ी दुनिया में इस लड़की की ऐसी क्या वक़त है, जो मैं हर वक़्त उसकी याद से आविष्ट रहती हूँ?

धीरे-धीरे समय की थपकियों से अपने अन्तर्मन को समझा-धमकाकर, मैंने स्वयं को उसके सम्मोहन से पूरी तरह मुक्त कर लिया था कि लगभग तीन दशक बाद वही स्थिति फिर आँखों के सामने आ खड़ी हुई, और भविष्य की ताक में रखा हुआ जिज्ञासाओं का पिटारा 'खुलूँ-खुलूँ' करने लगा। लेकिन समय की नज़ाकत और अनन्या के स्वाभिमान की रक्षा करते हुए मैंने सबसे पहले उसके फ़ॉर्म को ठीक से पढ़ा। उस फ़ॉर्म पर पिता का नाम श्री तरुण कान्ति घोष और संरक्षक का नाम श्री श्यामल सेन लिखा हुआ था। मन हुआ कि पूछूँ, "क्या ये भूतपूर्व मुख्य न्यायाधीश श्यामल सेन हैं?" पर मारे संकोच के जीभ जो अटकी, सो अटकी ही रही। परिचय-पत्र में माँ का नाम पूछा नहीं जाता! तो अब? हालाँकि 'ढाक के वही तीन पात' कहावत मेरे चरित्र के बिलकुल विपरीत है, पर अपनी उम्र और प्रतिष्ठा के कारण मैं अपनी इस विकलता को ज़ाहिर भी नहीं कर सकती थी। इसलिए देखते हैं! सोचकर, महाज़िद्दी मैं! गहराई से उससे सम्बन्धित सारे तथ्यों को बटोरने में लग गई।

सर्वप्रथम मैंने अपने तथ्य-शोध को एक ख़ूबसूरत-सा अन्दाज़ देते हुए, अनन्या से कहा, "अनन्या, तुम्हारा कुलीन व्यवहार, विनम्रता, शीलमय तेज़, अप्रतिम मेधा आदि को देखकर लगता है कि तुम्हारी माँ अत्यन्त ही गुणवती और संस्कारशीला महिला होंगी?"

"मैम! इस प्रशंसा के लिए धन्यवाद। पर मेरे जन्म से आज तक मेरी देख-रेख ही नहीं, मेरी हर साँस की निगरानी तक मेरे नाना जी ने ही की है, इसीलिए मैं उन्हें नाना नहीं 'बाबा' कहकर बुलाती हूँ। पता नहीं मैं अपने जीवन में कुछ बन पाऊँगी या नहीं, पर यदि मुझमें रंचमात्र भी अच्छाई है, तो उसका सारा श्रेय उन्हीं को है।"

"और तुम्हारे पिता? वे कौन-से काम में इतने व्यस्त रहते हैं, जो उन्हें तुम जैसी प्यारी बेटी के लिए भी समय नहीं रहता?"

"मैम, पापा बहुत ही भले और मेहनती वकील हैं। मुझे पूरा तो नहीं पता, पर सुना है कि वे कम उम्र से ही बाबा को अपना 'फ्रेंड, फ़िलॉसफ़र एंड गाइड' मानते हैं। बाबा ने माँ का विवाह उनसे करने के बाद, उन दोनों को ही अपना वारिस घोषित कर दिया है।"

अनन्या के इन जवाबों ने मेरी चिर अतृप्त जिज्ञासा, मेरी उद्विग्नता, मेरी उत्सुकता सबमें ज्वार ला दिया और एक प्रश्न बार-बार मेरे कंठ में आकर अटकने लगा, 'अनन्या! तुम्हारी माँ का नाम क्या है? क्या वे तुम्हारे नाना की दत्तक पुत्री हैं?'

हालाँकि यह कोई बुरा प्रश्न नहीं था, न ही इसमें किसी लांछन की गन्ध थी! पर भरोसा मुझे अपने ही ईमान पर नहीं था। इस बिना हाड़ की जीभ का क्या ठिकाना! यदि यह कभी किसी कमज़ोर क्षण में अनन्या को उसके अन्धकार भरे अतीत का परिचय दे बैठी, तो क्या यह दीपशिखा-सी सौम्य जीवात्मा आहत होकर बुझ नहीं जाएगी? इसलिए मैंने उसी क्षण दृढ़ता से यह संकल्प लिया कि मैं कभी भी इस 'सौभाग्यशाली अभागी' लड़की अनन्या से उसके अतीत के बारे में कुछ नहीं पूछूँगी।

"मैम, आप क्या सोच रही हैं? सच मानिए! आपके ये व्यक्तिगत प्रश्न मुझे बहुत ही अच्छे लग रहे हैं, क्योंकि आज के युग में किसी के भी पास, किसी और के लिए, थोड़ा-सा भी समय कहाँ है? और आप तो इस ऑफ़िस की उच्चस्थ!..." मैंने प्रार्थना मुद्रा में अनन्या की ओर देखते हुए, वाक्य पूरा करने से पहले ही उसे हाथ के इशारे से रोक दिया। पर मेरा रोकना उसके भावों को कैसे रोकता! अब तक तो वह बंगाली परम्परा के अनुसार मेरे दोनों पैरों को अपने दोनों हाथों से छूकर उनकी धूल अपने सिर पर लगा चुकी थी। आदतन उसे 'शुखी थेको!' (सुखी रहो) का आशीर्वाद देते हुए, मैंने अपने अन्तर्यामी से याचना की, 'हे प्रभु! तुम सर्वदा इस बच्ची पर अपनी कृपा बनाए रखना। हे परमपिता! तुम पर इस लड़की के अतीत के असीम दुखों का ऋण है, जिसे चुकाना तुम्हारी नियति है, क्योंकि तुम्हीं ने हम धरती-पुत्रों को असंख्य उदाहरण

देकर यह समझाया है कि तुम किसी का भी ॠण बाक़ी नहीं रखते। चाहे उसके लिए तुम्हें 'बहेलिया' का बाण ही क्यों ना खाना पड़े।'

यह तो भगवान ही जाने कि उसने मेरी अर्ज़ी मंज़ूर की या नहीं! पर अनन्या ने एक दिन अत्यन्त संकोच से, मुझे अपने यहाँ चाय पर आमंत्रित किया। किसी भी दफ़्तरी निमंत्रण के लिए मेरी 'ना' सर्वविदित थी, पर इस घड़ी के लिए सदियों से प्रतीक्षारत मैं अनायास प्राप्त इस 'सौभाग्य' को कैसे ठुकरा सकती थी?..

मखमली हरियाली से घिरे एक बड़े बँगले के बाहर जब मैंने अनन्या को बड़ी बहन-सी लगती उसकी हू-ब-हू कार्बन कॉपी माँ के साथ मेरा इन्तज़ार करते देखा तो प्रेम और श्रद्धा का ऐसा अनकहा इज़हार देखकर मन गद्‌गद हो गया। आश्चर्यजनक है यह तथ्य कि मैं उसकी माँ को देखकर बिलकुल नहीं चौंकी, बल्कि अपने अन्देशे को सही होते देख, विशेष आह्लाद और ममता से भर गई।

अन्दर प्रवेश करते ही एक बड़े-से ख़ानदानी बैठक-कमरे में सर्वप्रथम मेरा ध्यान हार चढ़ी हुई एक बड़ी-सी तस्वीर की ओर गया, जिसे देखकर मैं स्तब्ध रह गई! ख़ूब जाना-पहचाना चेहरा! लेकिन उस पर शालीन सभ्यता की ऐसी पॉलिश कि अपनी याददाश्त को अकुंठित माननेवाली, 'मैं घमंडी' पहली बार उस पर से अपना भरोसा खो बैठी।

इतने में ही, मेरी स्थिर अटकी नज़रें देखकर अनन्या बोल पड़ी, "मैम! ये मेरी सगी नानी जी हैं। बाबा ने जब माँ को गोद लिया था, उसी वक़्त उन्होंने नानी जी को भी कुछ दिनों के लिए एक मानसिक चिकित्सालय में भर्ती करवा दिया था। मुझे तो याद नहीं है, परन्तु माँ बताती है कि मैं उन्हें बहुत प्रिय थी। मेरा दुर्भाग्य है कि मेरे जन्म के दो वर्ष बाद ही उनका निधन हो गया। बाबा आज भी उनकी पुण्यतिथि पर बड़ा दान करते हैं।"

एक 'असम्भव' को 'सम्भव' होता देख मैं भौचक और निर्वाक् थी!...कि तभी मुझे बड़े प्रवेश-द्वार के बीचोबीच बुद्ध की करुणा अपने में समेटे हुए, ईसा मसीह की एक दिव्य और भव्य आकृति खड़ी दिखी। वह मूर्ति न केवल

सुदर्शन व्यक्तित्व की धनी थी, वरन् उसमें से सज्जनता और शिष्टता का सागर भी उमड़ा पड़ रहा था।

आर्ष सूक्ति है कि हम अतीत को सुधार नहीं सकते, लेकिन इस मृत्तिका से बने मुज़स्समे ने न केवल अनन्या का अतीत सुधारा था, बल्कि उस पर लगे लांछन के दागों को भी चन्दन के टीकों में बदल दिया था। साथ ही उन्होंने अपने कृतित्व से अनन्या जैसी सुसांस्कृतिक और चरित्रवान लड़की गढ़कर सबको यह पूर्वाभास भी करवा दिया था कि वे भविष्य में पृथ्वी पर आनेवाली उसकी सन्तानों के लिए भी प्रतिश्रुत हैं।

उनके अलौकिक नूर ने वहाँ के सम्पूर्ण वातावरण को पवित्रता से भर दिया था और उनकी स्नेहिल स्मित मुस्कान से मंत्रमुग्ध इस काया को यह भान तक न हुआ कि भगवान सहित किन्हीं भी चरणों में झुकने में अक्षम मैं कब सम्मोहित-सी, अजाने ही उन पैरों पर झुक गई थी; उस स्थिर क्षण में मुझमें ऐसा स्फुरण हुआ मानो साक्षात् भगवान भी उस मनुष्य-देहधारी व्यक्ति का स्थान ग्रहण करने के लिए तरस रहे हैं!

उड़ान पिंजरे के परिन्दे की

ढेरों-ढेर उपक्रमों को सात तल्लों के दो भवनों में समेटे हुए 'महिला परिषद' के इस एन.जी.ओ. में सुबह से शाम तक चारों ओर 'मिसेज बाजोरिया! मिसेज बाजोरिया!' की गुहार मची रहती है। यह पुकार चाहे निःशुल्क हिन्दी माध्यम के विद्यार्थियों की हो, या न्यूनतम फ़ीस पर पढ़नेवाले अंग्रेज़ी माध्यम के छात्रों की, या कि 'मिड-डे मिल' की रमाबाई की, या 'लैब संचालिका' मिसेज आहूजा की—इन आवाज़ों को सुनकर लगता मानो सबकी परेशानियों का एकमात्र जवाब मिसेज़ बाजोरिया ही हैं। यह दृश्य देख-सुनकर मेरी समझ में आ गया था कि इस संस्था की जिन उपलब्धियों से प्रभावित होकर मैं यहाँ काम करने आई थी, उन सबके पीछे सिर्फ़ एक ही व्यक्ति है—सुधा बाजोरिया। लेकिन जब मैं उससे पहली बार मिली, तो उसके गोल-मटोल शरीर, भोली हँसी और सादे पहनावे के कारण वह मुझे एकदम औसत महिला लगी। उसे देखकर उसके गुणों का अन्दाज़ा लगाना तो दूर, बताने पर भी विश्वास नहीं होता था कि वह इस क़दर ज़हीन और कमेरी है।

फिर भी, पता नहीं क्यों परिषद में काम करते वक़्त मेरी आँखें घूम-फिरकर सुधा पर ही जा टिकतीं और उसे ग़ौर से देखती हुई मैं इस बात पर दंग होती रहती कि कैसे वह अपने नाटे-भारी शरीर को तेज़ी से उठाती हुई, इधर-उधर दौड़ाती रहती है। जिस तरह वह अपने दोनों हाथों को तेज़ रफ़्तार देकर चतुर्भुज की तरह ढेरों कामों को पलक झपकाते सलटा देती थी, वह नाक़ाबिले यक़ीन था। सच कहूँ तो उसके हुनरों की मुरीद होने के बावजूद मैं उससे मन ही मन यह सोचकर रश्क़ भी करती

थी कि आख़िर यह साधारण-सी औरत इतना सब कैसे कर लेती है? अन्त में मैंने ख़ुद को यह दिलासा देकर सन्तोष किया कि हो न हो, इसके घर में नौकरों की पलटन और दरवाज़े पर गाड़ियों की क़तार होगी। बच्चे विदेश में पढ़ते होंगे। और पतिदेव व्यापारिक दौरों पर पूरे विश्व का भ्रमण करते रहते होंगे; इसीलिए यह देवी सुबह से रात तक परिषद में रहकर मन लगाने के साथ-साथ अपनी प्रसिद्धि का पोटला भी बढ़ाती रहती हैं। 'आम के आम गुठली के दाम' की तरह ही इनका समय भी यहाँ कट जाता है और दुनिया इन्हें 'फाऊ' में ही 'छोटी मदर टेरेसा' पुकारने लगती है।

कौतूहलवश मैंने परिषद की संस्थापक अध्यक्षा कमलाबेन से सुधा की बाबत चर्चा की। इसके पहले कि मैं उन्हें अपने अनुमानों से अवगत कराती, उसका नाम लेते ही वे बेसाख़्ता कहने लगीं, "सच कह रही हैं आप! सुधा अद्वितीय है। वह इस संस्था में अट्ठाईस वर्षों से संयुक्त मंत्री है, पर आज तक उसने न तो कभी किसी की शिकायत की और न ही कोई फ़रमाइश। यहाँ तक कि हम लोगों ने जब भी उसे मंत्री और अध्यक्ष बनाना चाहा, उसने हर बार यह कहकर 'ना' कर दी कि उसके पति को 'पद-लोभ' से घृणा है।"

कमलाबेन के इस उत्तर से मुझे सन्तुष्टि कैसे होती? मैं तो सुधा की आलोचना सुनना चाहती थी, प्रशंसा नहीं। इसलिए थोड़ी देर बाद मैंने सुधा की पीठ पर मुँह बिचकाती हुई पद्मा को जा घेरा और उससे एक सीधा प्रश्न पूछा, "पद्मा जी! क्या मिसेज बाजोरिया सचमुच ही साधु हैं या साधु-सा सजती हैं? मुझे तो लगता है जैसे ज़्यादा झाग भरे गिलास में दूध कम रहता है, वही हाल इनका भी है। ठीक कह रही हूँ ना?"

मेरे अनुमान के विपरीत पद्मा जी के फेंककर दिए गए जवाब ने मुझे आकाश से धरती नहीं, रसातल में ले जा पटका, फ़ज़ीहत हुई सो अलग।

उन्होंने मुझे ऊपर से नीचे तक घूरते हुए कहा, "क्या आपका दिमाग़ ख़राब है, जो आपने सुधा पर साधु-सा सजने की तोहमत लगाई?

वह तो देवी है, देवी! और वह भी जगद्धात्री। लेना राई-रत्ती नहीं और दे डालना सब कुछ! बस यही अजपा जाप प्रतिपल उसकी साँसों में चलता रहता है। आप ही देख लीजिए, सुबह से शाम तक यहाँ भाड़ झोंकती रहती है, पर क्या मजाल, जो पानी छोड़कर यहाँ की चाय भी पी ले। कहती है, 'संस्था बेटी समान होती है, उसके घर का कैसे खाऊँ?' वह अपना टिफ़िन साथ लाती है और जाते वक़्त बस स्टॉप पर चाय पी लेती है। एक मिनट पहले की ही बात है, मैंने उससे अनुरोध किया कि वह मेरे साथ चाय पी ले, तो 'नट कर धरी' गई। उस वक़्त तो मुझे उस पर बहुत ग़ुस्सा आया, पर मुझे पता है कि यह उसका अहंकार नहीं, उसका स्वाभिमानी कवच है। जब हम घर जाते वक़्त उसे अपने साथ गाड़ी में ले जाना चाहते हैं, तो वह बहुत ही विनम्रता से बाई! बहन जी! बेन जी! आदि कहते हुए हमें मना कर देती है। उसके इन सिद्धान्तों ने उसके चारों ओर एक ऐसा आभा-मंडल रच दिया है जिसकी निर्मल उजास से उसका पूरा व्यवितत्व दमकता रहता है। कंचन जी! आपने ध्यान दिया कि देखने में अति साधारण होने के बावजूद उसमें सबको अपनी ओर खींचता-सा एक गहन आकर्षण है। यह और कुछ नहीं, उसकी भलमनसाहत, ईमानदारी, सेवा, त्याग और करुणा की ही मूर्तिमन्त अभिव्यक्ति है।''

महाभारत गाथा की तरह पद्मा का सुधा-पुराण चलता ही जा रहा था, पर मुझ-सी तार्किक और अविश्वासी आत्मा का मन उसमें कैसे रमता? इसलिए इस रांग नम्बर की लाइन को छोड़, मैंने सोचा, क्यों न मैं सीधे सुधा से ही बात करके अपने मन की 'झाँक' मिटा लूँ। दरअसल मैं स्वयं को परम विदुषी, सर्वगुण-सम्पन्न एवं अतुलनीय मानती थी, इसलिए इस नाक़ाबिले-ग़ौर महिला का ऐसा गुणगान मुझसे बर्दाश्त नहीं हो रहा था, पर मुझे क्या पता था कि उसका व्यक्तित्व एक ऐसा आईना होगा जिसमें झाँकते ही मेरा दम्भ किरच-किरच हो जाएगा।

तेज़ी से बाईं तरफ़ की सीढ़ी उतरती सुधा को मैंने हाँफते हुए जा पकड़ा और जैसे ही उसकी ओर बढ़ी, वह केवल रुक ही नहीं गई, बल्कि उसने आगे बढ़कर मुझे यों गले लगा लिया, जैसे हम इस जन्म की नहीं,

मन्वन्तरों की बिछड़ी सहेलियाँ हों। इस आलिंगन में शहद के लबालब भरे छत्ते-सा ममत्व टपक रहा था। उसके इस अप्रत्याशित व्यवहार से मैं इस क़दर चौंकी कि कुछ क्षणों तक पत्थर की मूरत-सी उसे टकटकी बाँधे देखती ही रह गई। शायद उस वक़्त मेरी पलकें भी नहीं झपक रही थीं, क्योंकि सुधा ने मसखरी के स्वर में कहा, ''कंचन जी! क्या आपने कोई भूत देख लिया है?''

उसकी इस उक्ति से मुझे ख़ासी शर्मिन्दगी महसूस हुई और उस पर लीपापोती करने के लिए मेरे मुँह से बरबस निकल गया, ''सुधा! यह तो तुम्हारी शख़्सियत का कमाल है।'' कहते ही मुझे लग गया था कि मेरे कहने में या तो कुछ तंज़ था या मैं कुछ ज़्यादा ही बोल गई थी, पर इन सब क्षुद्रताओं से बेख़बर सुधा ने एकदम सहजता से उत्तर दिया, ''यह आपका बड़प्पन और मेरे प्रति विशेष प्रेम है, कंचन जी! वरना सच पूछें, तो कहाँ आप और कहाँ मैं! आपके व्यक्तित्व और कृतित्व के सामने मेरी हैसियत ही क्या है?''

उसके ये उद्‌गार दुनियावी ढोंग से परे, एकदम सच्चे मन से व्यक्त किए गए थे और उनमें किसी भी प्रकार का कोई लोकाचार या दिखावा नहीं था। उस उदारमना के इस वक्तव्य ने मुझे निर्वाक् कर दिया और मैं सोचने लगी कि मैं नहीं! सुधा ही असली ज्ञानी है, जिसने 'विद्या ददाति विनयम्' को सिद्ध कर लिया है।

एक दिन दोपहर को जब सब कार्यकर्त्री महिलाएँ अपने-अपने टिफ़िन से खाना लेकर एक-दूसरी की मनुहार करती हुई हँस-बोल रही थीं, तब अचानक मुझे एहसास हुआ कि सुधा वहाँ नहीं थी। उसकी अनुपस्थिति के बारे में पूछने पर प्रभा ने बताया, ''चूँकि वह डायटिंग करती है, इसलिए दोपहर का खाना नहीं खाती है।''

''पर वह है कहाँ?'' का उत्तर मिला, ''शायद वज़न घटाने के लिए बग़ल वाले पार्क में चक्कर काट रही होगी।'' यह सुनते ही जब मैं तेज़ी से पार्क के पास पहुँची तो मैंने सुधा को पार्क के अन्दर जाते देखा। मैंने कुछ दूरी से पेड़ की ओट से देखा कि सुधा एक काठ की बेंच पर बैठकर,

एक छोटे-से पैकेट से सैंडविच निकालकर खा रही है। मुझे देखकर वह कुछ झिझकी, फिर बोली, "माफ़ कीजिएगा! और सैंडविच न होने के कारण अभद्रता के बावजूद मैं अकेली ही खा रही हूँ।"

जब मैंने पूछा, "सुधा! क्या एक सैंडविच इतने बड़े शरीर के लिए काफ़ी है? तुम भी औरों की तरह अपना टिफ़िन साथ क्यों नहीं लाती?" का जवाब सुधा ने विवशता-भरे स्वर में यह दिया, "कंचन जी! बच्चों और पति का नाश्ता और टिफ़िन आदि बनाते-बनाते घड़ी भाग छूटती है! इसलिए मैं कटी ब्रेड में खीरे-टमाटर के कुछ टुकड़े रखकर ले आती हूँ। वैसे भी ख़ुद के लिए किससे ज़हमत होती है?" अर्थात इसके यहाँ नौकर भी नहीं है। बावजूद संकोच के मैंने अन्ततः उससे पूछ ही लिया, "सुधा! तुम्हारा फ़्लैट तो यहाँ के क़ीमती फ़्लैटों में से एक है, फिर तुम्हारे यहाँ रुपए-पैसे की इतनी किल्लत क्यों रहती है?"

सुधा का उत्तर था, "पहली बात तो यह कि यह फ़्लैट पहले का ख़रीदा हुआ है, और दूसरी यह कि उन्हें पसन्द नहीं है कि मैं नौकर-चाकर रखकर, 'आलस की गठरी' बन जाऊँ। बस यही वजह है कि नौकर नाम के आदमज़ाद का हमारे यहाँ कोई ठौर-ठिकाना नहीं है।"

लोकोक्ति है कि 'नापसन्दगी से उपजा प्रेम प्रगाढ़ होता है', शायद इसीलिए मैं भी सुधा को ज़रूरत से ज़्यादा चाहने लगी और पूरी तरह उसकी भक्त हो गई।

सुधा के बेहद सुन्दर और अत्यन्त मेधावी बच्चों से मैं मिल चुकी थी। उनसे बातचीत कर मुझे यह भी पता चल गया था कि उन दोनों ने ही अपनी अधिकतर पढ़ाई छात्रवृत्ति के बल पर की है।

जब मैंने सुधा के सामने उनकी ख़ूबसूरती और मेधा की बड़ाई की, तो सुधा ने अभिमान से कहा, "ये लोग अपने पिता पर हैं, इसलिए ऐसे हैं। अच्छा हुआ जो ये मुझ पर नहीं हुए।"

मैंने हैरानगी और ग़ुस्से से सुधा को कहा, "बको मत! तुम्हारा हृदय और कर्म ऐसे खरे सोने-से हैं, जिनके सामने सारी दुनिया की चमक फीकी है।"

लेकिन सुधा में मेरे अति मोह ने मुझे एक बड़ी मुसीबत में फँसा दिया। अनजाने ही मैं उसकी धर्ममाता बन बैठी और उसके क़रीब आते सारे हाथों को सन्दिग्ध दृष्टि से जाँचने-परखने लगी। आश्चर्य की बात है कि इन हाथों में मुझे सुधा के पति के हाथ भी नज़र आते थे; सुधा का तीस वर्षों से ज्वाइंट सेक्रेटरी पद पर मात्र इसलिए बने रहना कि उसके पति को 'पद-लोभ' से घृणा थी और एम.ए. के रिजल्ट वाले दिन औरों की ख़ुशी पर सुधा की कल्पनातीत प्रतिक्रिया मेरी आँखों के आगे अड़कर खड़ी रहती थी, "मुझे अच्छी तरह याद है, महिला परिषद की प्रमुख मिसेज शीरीन चोकसी का उसे पुकारते हुए वहाँ आकर कहना, 'शुड्डा बेन! यूनिवर्सिटी थी हमणा खबर आवी छे के, एम.ए. मा तमारा फ़र्स्ट क्लास आव्या छै। अने आपणे स्कॉलरशिप पण मलेशे,' और रुक्मिणी मौसी का यह वाक्य, 'सुधा बाई! मन करै है कि थौरै ऊपर सारी दुनियाँ वार देऊँ,' साथ ही रेणुका चक्रवर्ती के ये शब्द, 'ओरे बाबा आमार तो कंठ अवरुद्ध होच्छे, जानेन! आपनी फर्स्टक्लास पेए छेन?' आदि प्रफुल्ल उक्तियों के बीच सुधा का उदासीनता से सिर झुकाए बैठे रहना, और फिर हाथ जोड़कर यह निवेदन करना कि : कृपा कर आप सब इस ख़बर को भी मेरे पति से उसी तरह गुप्त रखें जैसे आज तक मेरी सारी सफलताओं की सूचनाओं को रखती आई हैं। क्योंकि आप लोगों को तो पता ही है कि मेरे पति किसी भी डिग्री और पद को उपलब्धि नहीं, अभिशाप मानते हैं। आशा है, आप सब मेरी स्थिति समझकर हमेशा की तरह मेरा साथ देंगी।"

यह कहकर उसने अपने मुँह और कपड़ों को ऐसे झाड़ा मानो जीवन की सारी बुराई को परे खिसकाकर वह फिर से साफ़-पाक सुधा बन गई हो! तत्क्षण ही वह एकदम तटस्थता से मेरी ओर मुड़कर बोली, "चलिए कंचन जी! थोड़ा-सा साइंस लैब का काम देख लें।" सुधा को इतनी बड़ी ख़ुशख़बरी! बिना किसी उत्साह के स्वीकारते देखकर मैं हैरान थी, और उसके पति के प्रति मेरा सन्देह बढ़ता जा रहा था।

सुधा के बारे में तफ़तीश करने पर पता चला कि अधूरी बी.ए. सुधा ने बी.ए. और बी.टी. प्राइवेट करने के बाद एम.ए. की प्राइवेट परीक्षा भी

दे दी थी। सुधा को इस गहन पढ़ाई के लिए समय कैसे मिला? पूछने पर पता चला कि बस और ट्रेन के अलावा, देर रात और जल्दी सुबह के ताने-बानों में उसने अपनी पढ़ाई की पूरी चदरिया बीन ली थी।

मैंने मन ही मन सुधा को 'सैल्यूट' किया। लेकिन उसने अपने पति के बारे में जो महान बातें कहीं थीं, पता नहीं क्यों, मुझे उन पर ज़रा भी विश्वास नहीं हो रहा था। इसलिए एक रविवार को यह पता चलने पर कि सुधा का पति शहर में ही है, मैं उसके घर जा पहुँची।

पहले तो मेरे उस असूचित आगमन से! सुधा ख़ुश होने के बजाय घबराकर 'ऊक-चूक' हो गई। बाद में स्थिति सम्हालने की ग़रज़ से उसने मुझे औपचारिक-सा नमस्कार किया और अपने पति से बोली, "जी, ये कंचन जी हैं।"

यह सुनते ही वह छह फुटिया गोरा-चिट्टा पुरुष अशोक मेरी ओर मुड़ा और अत्यधिक विनयी स्वर में बोला, "इन्हें कौन नहीं जानता? इनके बारे में तो अकसर ही अख़बारों और पत्रिकाओं में छपता रहता है।"

पता नहीं उसके मन में मेरे लिए क्या भाव था, पर उसके व्यवहार और शक्ल पर तो विनम्रता और मिठास का सात परतों वाला मुलम्मा चढ़ा हुआ था।

मेरी तीखी नज़र से सुधा के घर का अन्दरूनी हाल छिपा नहीं रहा और उस 'बिन मालिक के घर' जैसे वातावरण ने मुझे एक रहस्यमय गन्ध से भर दिया।

अशोक का अतिशय मृदुल व्यवहार मुझे बांग्ला मुहावरे 'अति भक्ति चोर का लक्षण' की याद दिला रहा था और मुझे उसकी हर क्रिया में सुधा के स्वभाव के एकदम विपरीत बेईमानी ही बेईमानी नज़र आ रही थी। अन्तर्मन में ये प्रश्न लगातार उठ रहे थे कि आख़िर अशोक सुधा को कोई पद क्यों नहीं लेने देता? क्यों वह उसकी डिग्रियों और नाम के सख़्त ख़िलाफ़ है?

अजाने ही 'इसका क्या कारण है' की माला चौबीसों घंटे मेरे दिमाग़ में फिरने लगी और इस प्रश्न ने मुझे बेहद बेचैन कर दिया। जब मुझे किसी

भी तरह शान्ति नहीं मिली तो मैंने अपने मित्र पाठक जी को सारी बातें बताते हुए अनुरोध किया कि वे इसकी तह में जाकर सच्चाई का पता लगाएँ।

पाठक जी ने एक जासूस की तरह गहराई से खोज-बीन करवाकर जो बताया वह यह था, "अशोक को छोटी उम्र से ही इश्क़बाज़ी का चस्का था, जो बढ़ती उम्र के साथ सामन्तवादी ऐयाशी में बदल गया। पता यह भी चला कि उसकी कामुकता की कोई इन्तिहा नहीं थी। एक बार वह घर की कमसिन नौकरानी सक्कू बाई के साथ रँगे हाथ पकड़ा भी गया था, परन्तु उसने भोली सुधा को बातों के मल्हारे देकर पटा लिया और वापस सुर्ख़रू होकर, मनमाना जीवन जीने लगी।

पाठक जी ने मुझे इसके अलावा भी एक नहीं, दो चौंकानेवाली ख़बरें दीं : एक तो यह कि अशोक के दौरे व्यापार के लिए नहीं, बल्कि एक ख़ूबसूरत तमाशा नर्तकी मालिनी के पास जाने के होते हैं। उस चतुर-सुजान अशोक का एकमात्र व्यवसाय तो बुज़ुर्गों की जमा की हुई बड़ी पूँजी का ब्याज भर उपजाना मात्र है, जिसके लिए उसे शहर से बाहर क्या, घर से भी हिलने की ज़रूरत नहीं है। पता यह भी चला कि उसने मालिनी से शादी कर ली है और उससे उसे एक बच्चा भी है, जो एक अच्छे बोर्डिंग स्कूल में पढ़ता है।

दूसरी ख़बर यह थी कि अशोक ने सक्कू बाई पर चरित्रहीनता का आरोप लगाकर उसे घर से निकालने और उसकी खोली को पाँच सितारा सुविधाओं से लैस करने के बाद सक्कू बाई को अपनी रक्षिता की तरह रख लिया है। सक्कू बाई को उसकी शौक़ीन रंगीनमिज़ाजियों का अच्छी तरह पता है, पर उसे इन सब बातों से कोई फ़र्क़ नहीं पड़ता। विभिन्न घरों में झाड़ू-बुहारी करते हुए, उसका पाला रोज़ ही दुष्ट पुरुषों से पड़ता था, इसलिए उस स्थिति में अब वह मात्र एक ही पुरुष की भोग्या थी और मौज से अपना जीवन यापन कर रही थी।

ये सारी सूचनाएँ अविश्वसनीय होते हुए भी साक्ष्यों की रोशनी में सत्यापित थीं। इन जानकारियों से साक्षात्कार होते ही मुझे अपने प्रश्नों के उत्तर मिल गए कि अशोक सुधा को कोई पद क्यों नहीं लेने देता, क्यों

वह नहीं चाहता कि सुधा पढ़-लिखकर आगे बढ़े। इसलिए वह सुधा के 'कमरूप' को अपना औज़ार बनाकर, किसी न किसी बहाने से उस पर आक्रमण करता रहता है, सुधा के मन में उसकी ईमानदारी के प्रति कोई सन्देह नहीं उपजे, वह चौबीसों घंटे इस बात की चौकसी करता रहता है कि सुधा का नाम या फ़ोटो कहीं किसी अख़बार या पत्रिका में न छप जाए। उसके ये ढोंग कि, 'समाजसेवक को पद का लोभ क्यों होना चाहिए? डिग्री बेकार की चीज़ है' आदि इसलिए हैं कि यदि सुधा की शोहरत की कोई छोटी-सी चिरकुट भी मालिनी तक पहुँच गई तो उसका मरण दिन आ जाएगा। मालिनी कोई सुधा तो थी नहीं कि उसे बहानों से टाला जा सकता, वह तो घाट-घाट का पानी पी हुई एक नाचनेवाली थी, जिसने सुखी गृहस्थी के लिए ही, भरी जवानी में, धन की तिजोरी को ठोकर मारकर अपने जीवन की दिशा बदली थी।

इन सारे सुबूतों के बावजूद मेरी यह हिम्मत नहीं हो रही थी कि मैं सुधा के सामने अशोक की बदग़ुमानियों का पर्दाफ़ाश करूँ, क्योंकि मुझे डर था कि इससे सुधा के जीवन पर जैसा भयंकर वज्रपात होगा, उसे वह नन्ही-सी जान झेल नहीं पाएगी। मुझमें इतनी हिम्मत नहीं थी कि मैं अकेले यह जोखिम उठा पाती, इसलिए मैंने सोच-समझकर सुधा के दोनों बच्चों को अपना साझीदार बनाया और हम लोगों ने सुधा से सारी हक़ीक़त बयाँ कर दी।

जैसा कि 'धारा' हुआ था, अशोक की कीर्ति-गाथा सुनते ही सुधा वहीं धम्म से ज़मीन पर बैठ गई! घुटनों में घुसा उसका सिर पागलों की तरह इधर से उधर हो रहा था और हम तीनों सब्र किए हुए उसे हलका होने का अवकाश दे रहे थे।

बाद में, अशोक के लिए सुधा की सारी माफ़ियों को नकारते हुए, हम लोगों ने पहले तो अशोक से रू-ब-रू बात करने की कोशिश की, पर जब वह हेकड़ी से भरा हुआ, उलटे-सीधे जवाब पकड़ाता रहा, तब उसके बेटा-बेटी भी उससे चिढ़ गए और उन्होंने उसे पूरी तरह छोड़ने का निर्णय कर लिया।

सारी घटनाओं के मद्देनज़र हमने सबसे पहले वकील का एक नोटिस अशोक को भिजवाया, जिसे शायद उसने फाड़ फेंका होगा, क्योंकि उसका कोई भी उत्तर या फ़ोन नहीं आया। जब बतौर आगे की कार्रवाई के लिए हमने उसे पुलिस के हाथों सम्मन भिजवाया, तब उसे स्थिति की गम्भीरता का अन्दाज़ा हुआ और उसके वकील ने हमसे बातचीत शुरू की। हम लोगों ने जब अशोक के वकील के सामने सारे प्रमाण रखे, तो उन्हें जाँच-परखकर उन्होंने अशोक को उसकी अवश्यम्भावी हार से अवगत कराते हुए, सुधा को तलाक के एवज़ में अशोक की सारी चल-अचल सम्पत्ति का मालिक घोषित करवा दिया।

आश्चर्यजनक ढंग से सुधा ने बिना कोई रोना-धोना मचाए, यह कहते हुए सब कुछ स्वीकार कर लिया, "जो मेरा था ही नहीं, उसे पकड़ कर रखने से क्या फ़ायदा?"

लम्बे समय से एक बड़ी संस्था का काम पूर्ण एकाग्रता और तेजस्विता से करती सुधा को अपने 'ब्याज-बट्टे' की कमाई को सम्हालने में क्या वक़्त लगता? उसने एक व्यावहारिक बजट बनाकर बच्चों को उच्च शिक्षा के लिए विदेश भेज दिया और अपनी ज़िन्दगी को पूरे उत्साह एवं स्वतंत्रता से जीने लगी। उसने महिला परिषद के युगों से प्रतीक्षित पदों को सम्हालने के साथ-साथ पी-एच.डी. कर ली और मिसेज चोकसी के रिक्त प्रिंसिपल पद को भी गौरवान्वित कर दिया।

सुधा की असीम ऊर्जा अवसर पाते ही अनेकानेक रूपों में व्यक्त होने लगी। श्रम को ही विश्राम मानती सुधा ने परिषद के पास वाले कॉलेज में पार्ट टाइम पढ़ाना शुरू कर दिया और अल्प समय में ही अपनी मेहनत के कारण वहाँ अत्यन्त लोकप्रिय हो गई। वह रोज़ सुबह उठने की आदी तो थी ही, और घर में पति और बच्चे न होने के कारण जल्दी उसे किसी की हाज़िरी भी नहीं देनी पड़ती थी। उसका सारा घरेलू काम 'छुट्टी बाई' निबटा देती थी, इसलिए सुबह उठते ही वह कॉलेज में जो पाठ पढ़ाना होता, उसे अच्छी तरह तैयार कर लेती थी। उसने पढ़ाने की भी एक रोचक शैली ईजाद कर ली थी। जब वह उबाऊ कोर्स

को कहानी की कहन शैली में ढालकर पढ़ाती तो विद्यार्थी क्लास ख़त्म होने पर भी उसका पीछा नहीं छोड़ते थे। उसकी गुणवत्ता से प्रभावित होकर कॉलेज की प्रिंसिपल ने उसे अन्य कई कक्षाओं का दायित्व भी दे दिया। सुधा आरम्भ से ही परिषद-स्कूल के अतिरिक्त भी ग़रीब तबके के लिए कुछ करना चाहती थी। उसका मानना था कि ग़रीब बच्चे सरकारी और अन्य संस्थाओं के कारण स्कूल की पढ़ाई तो किसी तरह कर लेते हैं, पर उनके लिए निःशुल्क कॉलेज की पढ़ाई का सर्वथा अभाव है। सुधा का हृदय ग़रीब मेधावी छात्रों की यह असमर्थता देखकर बहुत उद्विग्न रहता था।

इस समस्या के किंचित् समाधान के लिए उसने महिला परिषद के ट्रस्टियों से निवेदन कर यह अनुमति ले ली कि वह उच्च कक्षाओं के कक्षों में शाम के समय कॉलेज की पढ़ाई शुरू कर सकती है।

उसने अपनी दस सहमना मित्रों के साथ मिलकर एक संगठन 'उच्च शिक्षा अभियान' बनाया और वे सब रात दिन कॉलेज के लिए उत्तग शिक्षा के संसाधन जुटाने में लग गईं।

सुधा ने सबसे पहले अपने कॉलेज के शिक्षकों से अनुरोध किया कि वे न्यूनतम तनख़्वाह में उन कक्षाओं में पढ़ाने की कृपा करें। आश्चर्यजनक रूप से कुछेक प्रोफ़ेसरों ने न केवल तनख़्वाह लेने से इनकार कर दिया, बल्कि वे अपनी जेब से वहाँ सहायता भी करने लगे। इस पक्ष के सँभलते ही सुधा ने अपने कॉलेज के छात्रों से अपील की कि वे अपनी पास की हुई पुस्तकों का दान कर इस सारस्वत यज्ञ में समिधा अर्पित करें। सुधा के प्रति श्रद्धा और प्रेम से भरे छात्रों ने वहाँ पुस्तकों के साथ ही कॉपियाँ, कलम एवं अन्य नाना प्रकार की जिंस का अम्बार खड़ा कर दिया। कुछ छात्रों ने तो आगे बढ़कर अपने कम पहने हुए बढ़िया कपड़े भी अच्छी तरह पैक कर सुधा के भंडार में दे दिए और देखते ही देखते इस निःशुल्क कॉलेज ने विशेष प्रतिष्ठा प्राप्त कर ली।

छात्रों की संख्या बढ़ती जा रही थी, इसलिए सुधा ने अपने कॉलेज के बोर्ड से प्रार्थना कर, उनसे भी शाम को ग़रीब बच्चों के लिए कक्ष

माँग लिये। वह अपना यह वादा अच्छी तरह निभाती थी कि अगले दिन सुबह कक्षाएँ पहले से भी ज़्यादा साफ़-सुथरी होंगी।

ज़रूरतमन्द छात्रों की बाढ़ के सामने सुधा और उसके मित्रों के संसाधन कम पड़ रहे थे। कारण कि वे लोग एक क्षण के लिए रुकते नहीं थे और मुफ़स्सिल में भी अपने पैर फैलाते जा रहे थे। अचरज की बात है कि उन्हें अर्थाभाव होते ही चमत्कार की तरह कोई न कोई भली आत्मा उनके यहाँ बड़ा दान भेज देती थी। इन घटनाओं से ऐसा लगता था गोया ऊपर बैठा वह परमपिता हर वक़्त उनका ध्यान रखता है।

सुधा के बेटा-बेटी भी डॉक्टर और सॉफ्टवेयर इंजीनियर बनकर अमेरिका से उसे निरन्तर बड़ी राशि भेंट करते रहते थे। लेकिन सुधा की कर्म-पिपासा ऐसी थी कि तृप्त होने का नाम ही नहीं ले रही थी। हालत यह हो गई थी कि अब सुधा को हर क्षण यह लगने लगा था कि उसके पास समय कम और काम बहुत ज़्यादा है। वह इस अभियान को स्थायित्व देना चाहती थी, पर कैसे? इस विराट प्रश्न का उत्तर उसे ढूँढ़े नहीं मिल रहा था कि अचानक यह सूक्ति कि, 'यदि कोई मनुष्य पूर्ण त्याग और समर्पण से किसी सद्‌कार्य को कार्यान्वित करना चाहे, तो पूरी कायनात उसका साथ देने को उठ खड़ी होती है' सुधा के जीवन में फलित हो गई और ढेरों-ढेर वर्षों के बाद अचानक सुधा की सास ने उसे बुला भेजा।

सुधा के ससुराल वाले उस ज़माने के करोड़पति थे, जब सोने का भाव पच्चीस रुपए तोला था। उस समय यह बात जगत्-ख्यात थी कि उनके यहाँ बरात की ज्योनार सोने की थालियों में परसकर जिमाई जाती है और उनके यहाँ 'सरतखानों' (तहख़ानों) में सोना-चाँदी ठुँसा पड़ा है।

सुधा इस आकस्मिक बुलाहट का कारण समझने में पूर्णतः असमर्थ थी। क्योंकि, सुधा की रूपवती सास अपने कामदेव-से इकलौते पुत्र के साथ अप्सरा की जगह सुधा जैसी अतिसाधारण बहू को स्वीकार नहीं कर सकी थीं, इसलिए नाराज़गी के इज़हार-स्वरूप वे उसके विवाह के बाद

से ही देस की हवेली में जाकर रहने लगी थीं। देखने में सुन्दर होने के कारण वे सुधा के बच्चों को तो यथासमय बुलाकर उनका लाड़ लड़ा लेती थीं, पर उनके प्रेम-क्षेत्र में सुधा का प्रवेश पूर्णतः वर्जित था।

कौतूहल और घबराहट से भरी सुधा जब अपने माथे का पसीना पोंछती हुई अपनी सास के सामने पहुँची, तो जड़ीभूत हो गई। वह दंग थी आज कि उसकी पत्थरदिल सास प्रेम के झरने-सी झरती हुईं उसे आपाद-मस्तक सराबोर करने को लालायित थीं।

सुधा से ढेरों माफ़ियाँ माँगने के बाद, उन्होंने उसे अपनी चाबियों का भारी गुच्छा देते हुए कहा, ''बींदणी! मेरे पर या कृपा कर।''

जब सुधा ने चौंककर प्रश्नवाचक मुद्रा में उनकी ओर देखा, तो अवाक् रह गईं! उनका पूरा चेहरा पश्चात्ताप के आँसुओं से भरा हुआ था, और वे टूटे-फूटे शब्दों में सुधा से अनुरोध कर रही थीं कि वह उनके सारे धन को सद्कार्यों में लगा दे।

सुधा ने उनके अकूत ख़ज़ाने का अद्‌भुत सदुपयोग किया। उसने अपनी जन्मजात समझदारी से पहले तो बैंकों की सहभागिता से कुछेक ज़मीनें ख़रीदीं और फिर सरकारी ग्रांट से उन पर निःशुल्क कॉलेज बनाने में जुट गई।

सुधा ने अपने पुरखों की करोड़ों की राशि का 'कॉरपस' बना दिया, जिसमें उसके पीहरवालों ने भी बड़ा दान दिया।

कई बार धन की बहुतायत भी संस्था को मार डालती है, इसलिए उसने नामी-गिरामी अर्थवेत्ताओं से सलाह कर प्रत्येक कॉलेज का एक स्वतंत्र ट्रस्ट एवं बोर्ड बनाया, जिसकी पहली शर्त थी : आर्थिक आत्मनिर्भरता। इन सभी ट्रस्टों और बोर्डों के एक-एक प्रतिनिधि को मूल ट्रस्ट का ट्रस्टी बनाया गया, जो अपने कॉलेज की किसी आपातकालीन ज़रूरत के लिए 'कॉरपस' से आर्थिक मदद की गुज़ारिश कर सकता था। किसी भी प्रस्ताव के पारित होने के लिए पचास न्यासियों में से कम से कम तीस न्यासियों की मंज़ूरी आवश्यक थी। इसी तरह के नियम-क़ानूनों से चाक-चौबन्द यह 'उच्च शिक्षा अभियान' वर्तमान में भी अहर्निश

कार्यरत है और अपने सच्चेपन का प्रकाश चतुर्दिक् फैला रहा है। इसे न तो कभी कार्यकर्ताओं का अभाव हुआ और न ही विद्वज्जनों का।

सुधा का अहं-शून्य तन और मन इतने मृदुल और कोमल थे कि उसके सम्पर्क में आया प्रत्येक प्राणी उसका ही होकर रह जाता था। बावजूद अपने विस्तृत कार्यक्षेत्र के सुधा पहले की तरह ही महिला परिषद को सँभालती रही। उसके अनुसार ऊँचाइयों की ओर ले जाती डगर के लिए वही तो उसका प्रस्थान बिन्दु था।

यदि आज भी कोई महिला परिषद् को देखने जाए, तो उसे वहाँ की दीवारों से, सीढ़ियों से, और दिग्दिगन्तरों से मिसेज बाजोरिया! मिसेज बाजोरिया! गूँजता सुनाई पड़ेगा। साथ ही दिखेगा पुकार के उत्तर में तेज़ी से चलती एक नन्हे क़द की, आदमक़द मंसूबों वाली महिला का चारों ओर प्रतिबिम्बित होता अक्स!

निर्वासितों को निर्वासन

''ओरे बाबा मोरी रे!'' कहते हुए 'भुतासी'-सी चन्दना ने ज़ोर से मेज़ पर अपना बैग पटका और चीख़ती आवाज़ में बोली, ''भाई, जल्दी से पानी दो।''

पानी आते ही उसे एक घूँट में गटककर, बेंत की कुर्सी में निढाल होकर उसने सदियों की थकान से चूर स्वर में कहा, ''इम्तियाज़ भाई! सलाम आलेकुम, मेहरबानी करके आप झट से मेरे हाथ में एक बढ़िया-सा दार्जिलिंग चाय का कप पकड़ा दीजिए, और हाँ! मेरा वही रोज़ानावाला ऑर्डर—ब्राउन ब्रेड के दो ड्राई टोस्ट। प्लीज़...अब आप ज़रा जल्दी से जाइए और मेरे हुक्म की तामील कर दीजिए।''

इम्तियाज़ मुस्कराता हुआ भाग छूटा ही था कि उसके कानों में पड़ा, ''अरे इम्तियाज़ मियाँ! बड़े लापरवाह हैं आप, हमने न सही, पर आपने तो हमारी फ्रेंड ज़ारा को देख लिया था, उनका ऑर्डर?''

इम्तियाज़ बैरे ने गर्दन झुकाकर दूर से ही चन्दना को जवाब दिया, ''मेम साब! हमने एक ग्रीन सलाद और दो टोस्ट पहले ही बढ़ा लिये थे।''

क़िस्सा यह है कि चन्दना ने इम्तियाज़ के बेटे को वायस-चांसलर से कहकर अपनी यूनिवर्सिटी में पक्की नौकरी दिलवा दी थी। वो दिन और आज का दिन, इम्तियाज़ उसका ऐसा मुरीद हुआ कि कोई किसी पीर-पैग़म्बर का क्या होगा? वह सोम, बुध और शुक्र को लाइब्रेरी के बरामदे में चन्दना की प्रतीक्षा में पलकें बिछाए प्रवेश द्वार पर टकटकी लगाए रहता कि कब मेमसाब आएँ और वह कब उनका हुक्म बजा लाए।

''वाह! क्या बात है! सच मानिए इम्तियाज़ मियाँ, यदि मेरा बस चले, तो मैं आपको देश का प्राइम मिनिस्टर बना दूँ।''

बात ख़त्म करते ही जे.यू. की केमिस्ट्री हेड डॉ. चन्दना बैनर्जी ने मेरे क़रीब आकर मुझसे ज़ोरों की गलबहियाँ की और वापस उसी लम्बी-चौड़ी कुर्सी में लेटती-सी प्रफुल्लित स्वर में बोली, "ज़ारा! बता नहीं सकती कि मैं आज कितनी—कितनी ख़ुश हूँ। लगता है, मेरी ख़ुशी की तुलना किसी से हो ही नहीं सकती। हाँ! तुम ठहरी साहित्य की प्रोफ़ेसर और कालिदास की शिष्या, अब मेरी इस स्थिति को तुम्हीं कोई सही शब्द दो।"

मैंने हिचकिचाते हुए कहा, "क्या आकाश जितनी?"

सुनते ही वह शब्दों के खेल पर उतर आई और बोली, "समुद्र जितनी क्यों नहीं?"

"मेरी समझ से समुद्र तो फिर भी कई साधनों से आँखों की परिधि में आ जाता है, पर आकाश अनन्त और असीम ही रहता है।"

"एकदम ठीक! अनन्त और असीम। वाह!" कहकर वह आँखें बन्द कर अँगुलियों से मेज़ पर ताल देती हुई हमारा प्रिय रवीन्द्र संगीत इस तरह गुनगुनाने लगी, मानो मेरी इस उक्ति को धीरे-धीरे अपने अन्दर जज़्ब कर रही हो।

उसके भुतासेपन, थकान और हड़बड़ाएपन का कारण तो मुझे पता था, पर आज के इस बौराएपन की वजह समझ में नहीं आ रही थी; इसलिए मैंने बात को सिरे से शुरू किया, "चन्दना! मैं जानती हूँ कि तुम अपने वर्तमान निवास से दूर शहर के दूसरे छोर पर एक ख़ूबसूरत-सा घर अपने 'चार्मिंग प्रिंस पुत्र' के लिए; प्रेम के गारे, स्नेह की ईंटें और बेइन्तिहा मोहब्बत के लेप से गढ़ रही हो। इसलिए अब मुझे तुम्हारी थकान, तुम्हारा दुबलापन, तुम्हारे माथे की शिकनें समझ में आने लगी हैं, पर नियाग्रा फाल-सा हरहराकर छलछलाता हुआ तुम्हारा यह आनन्दित रूप मेरे लिए नया है, क्या 'खोकोन' आ रहा है?"

सुनते ही कुर्सी से उछलकर चन्दना बोली, "आरे! नेई बाबा। वोर थेके ओ ख़ूब बोड़ो कोथा। (अरे नहीं भई! उससे भी बहुत बड़ी बात है।) जानती हो ज़ारा! खोकोन ने सैन फ्रांसिस्को में ही एक वैज्ञानिक लड़की पसन्द कर ली है।"

"बंगाली है?" प्रश्न मेरा।

"अरे बंगाली क्या, वह तो ख़ास हमारी ही जाति की है अर्थात उच्च ब्राह्मिन ख़ानदान की डॉ. सुनन्दा चैटर्जी! और ज़ारा, ऊपर से सुन्दर ऐसी कि कैसी बताऊँ? कौन-सी उपमा दूँ? बस अन्दाज़ के लिए समझ लो कि जवान सुचित्रा सेन का सुसंस्कृत संस्करण।"

मैं एकटक उस चन्दना को देख रही थी, जिसकी गम्भीरता, सौम्यता और मितभाषिता हमारे पूरे ग्रुप में प्रसिद्ध थी। आज उसी चन्दना का आह्लाद! समुद्र के ज्वार की तरह सारी सीमाओं को तोड़कर अतिरेकपूर्ण भावोद्गारों में व्यक्त हो रहा था। उसकी ख़ुशी उसके अन्तर में ही नहीं, उसके शरीर में भी नहीं समा रही थी। ऐसा लग रहा था कि वह अभी उठेगी और नाचना शुरू कर देगी। मेरी चुप्पी उसे मेरी उदासीनता न लगे, इसलिए मैंने कहा, "वाह चन्दना! तुम्हारे तो मज़े हो गए, एक लम्बे अर्से से तुम जैसी 'बोउ माँ' खोज रही थी, उससे कहीं ज़्यादा गुणवती और रूपवती बहू तुम्हें घर बैठे ही मिल गई, बोनस यह कि उसमें तुम्हारे बेटे की पसन्द भी शामिल है। माशा अल्लाह! इससे ज़्यादा बढ़िया तो कुछ हो ही नहीं सकता। भगवान दोनों को सदा ख़ुश रखे और उनकी जोड़ी पूरी धरती और दसों दिशाओं को अपने प्रेम से सुरभित करे। पर देवी! आज के इस शुभ अवसर पर सूखे टोस्ट और चाय के 'तयामणे' से काम नहीं चलेगा, आज तो सबको मिठाई खिलानी पड़ेगी।"

मेरे कहने के साथ ही कंजूसी की हद तक मितव्ययी चन्दना ने 'ज़रूर! ज़रूर!' कहते हुए पर्स से सौ के नोटों की गड्डी निकालकर, मेरी हथेली पर रख दी। ख़ास बात यह थी कि उसके इस कृत्य में किसी हेकड़ी या दिखावे का ज़रा-सा भी पुट नहीं था, बल्कि उसकी यह अभिव्यक्ति उसके आनन्द की पराकाष्ठा का इज़हार कर रही थी।

घर लौटकर जब मैंने उस पूरे दृश्य का 'रिप्ले' किया, तो मेरे मन में एक विचित्र-सा उद्वेलन होने लगा। मैं आदतन किसी भी घटना के सभी पहलुओं को तर्क की कसौटी पर कसे और आतिशी शीशे से परखे बिना स्वीकार नहीं कर पाती हूँ, इसलिए अपनी अभिन्न मित्र की स्थिति ने मुझे

कई शंकालु प्रश्नों से घेर दिया, मसलन—सात समन्दर पार के एकदम भिन्न परिवेश में पली-बढ़ी जिस लड़की पर चन्दना बिना देखे-बूझे ही अपनी पूरी आत्मा उड़ेले जा रही है, यदि उस लड़की ने उसका सही प्रत्युत्तर नहीं दिया तो? यदि बेटी की कमी से रिक्त चन्दना के हृदय को वह लड़की अपने प्यार से न भर पाई तो? बावजूद चन्दना की आधुनिकता के, यदि उन दोनों में संस्कारों की टकराहट हुई तो? आदि ढेरों प्रश्न लगातार मेरे मानस-पटल पर उभर रहे थे। अन्त में मैंने यह सोचकर स्वयं को ज़ब्त किया कि शायद चन्दना के प्रति अति मोह होने के कारण ही ये सन्देह मेरे मन में उग रहे हैं। इस स्थिति का एक सकारात्मक पक्ष यह भी तो हो सकता है कि सुनन्दा का 'पगछेड़ा' चन्दना के जीवन को ख़ुशहाली के रंगों से भर दे! फिर कल किसने देखा है? नाहक ही मैं अपने वहमों से चन्दना की पूर्णिमा के चाँद-सी आलोकित ख़ुशी को ग्रहण क्यों लगाऊँ?

चन्दना के बेटे अभिजित के 'बोउभात' में जाकर लगा कि चन्दना का कहना सही था और मेरी आशंकाएँ बेमानी। सुनन्दा की बहू सही मायने में लक्ष्मी और सरस्वती दोनों का समन्वित रूप थी।

विवाह के बाद भी चन्दना के पैरों में घुँघरू बँधे ही रहे, क्योंकि उसके पास उसके बेटा-बहू थे। लेकिन जब वे चार दिनों की चाँदनी की तरह विदेश लौट गए तो मुझे लगा अब चन्दना का स्नेह-ज्वर उतर जाएगा, पर उनके इस वादे से कि वे जल्दी ही वापस आ जाएँगे, चन्दना फिर से जादवपुर और साल्ट लेक की दूरियों को मापती हुई, नए घर को सजाने में जुट गई।

इसी आशा में एक साल, दो साल, पाँच साल बीत गए। वैसे चन्दना के बेटा-बहू उसे और उसके पति को आदर से हर साल अपने पास बुलाते थे और वहाँ से लौटकर बेटे-बहू पर रीझी हुई चन्दना महीनों तक उनका गुणगान करती रहती थी।

लेकिन चन्दना जब भी अपने बेटे-बहू से उनकी वापसी की बात पूछती, तो वे प्यार से उसे समझाकर कहते, "माँ! हम ज़रूर आएँगे। बस, अभी अपने परिवार के लिए थोड़ा-सा धन जमा कर लें, फिर तो हमेशा के लिए तुम्हारे पास आना ही है।"

छठे वर्ष चन्दना ने अपने विदेश-प्रवास में बेटे से साफ़-साफ़ ही पूछ लिया, "खोकोन! क्या विचार है? कब आ रहे हो तुम लोग? देखो, मैं कुछ टेपेस्ट्री के नमूने लाई हूँ, इन्हें देखकर फ़ाइनल कर दो, ताकि मैं तुम्हारे आने के पहले ही सब कुछ सजा-धजा लूँ।"

ज़मीन से जुड़े चन्दना के इस प्रश्न को बहुत चतुराई से दरकिनार कर अभिजित ने एक बार फिर उसे आकाशी कल्पना से बहलाकर कहा, "ओ माँ! मैं कितना बेवकूफ़ हूँ, जो तुम्हें इतनी बड़ी ख़ुशख़बरी देना ही भूल गया। ज़रा ध्यान से सुनन्दा को देखो, कुछ आया समझ में? माँ! वह तुम्हें जल्दी ही दादी बनानेवाली है।"

'ग्रीन कार्ड होल्डर' अभिजित-सुनन्दा अपने बच्चे को 'यू.एस. सिटिजन' बनाने का लोभ छोड़ दें, यह बात भला मिस्टर बैनर्जी जैसे बंगाली भद्रलोक और चन्दना जैसी आभिजात्य बंगाली प्रोफ़ेसर कैसे कह सकते थे?

उन्होंने मात्र, 'हैं, हैं, ओबश्शोई!' (हाँ! हाँ! ठीक बात है) ही नहीं कहा, बल्कि सुनन्दा की जचगी पर, अपनी उपस्थिति का आश्वासन भी उन्हें देते आए।

पहला बच्चा! दूसरी बच्ची! करते हुए दस साल बीत गए। समय बीता जा रहा था, पर चन्दना के बच्चों का आना नहीं हो रहा था। उम्र में बड़े होने के कारण चन्दना के पति तो पहले ही रिटायर हो चुके थे, अब चन्दना के रिटायरमेंट का समय भी आ गया था। इस मंशा से कि बेटा बात का मर्म समझ जाए, चन्दना ने उससे कहा, "खाकोन! वर्षों की दौड़-भाग से मैं थक चली हूँ और अब यूनिवर्सिटी के मेरे दोनों 'एक्सटेंशन' भी ख़त्म हो रहे हैं। बेटा! मेरी हार्दिक इच्छा है कि अब मैं आराम से अपने पोते-पोतियों के साथ अपने बचपन को दुबारा जियूँ, इसलिए तुम लोग जल्दी से जल्दी घर आ जाओ।"

चन्दना ने सोचा था, चूँकि उसने आज से पहले कभी भी अपने मन की आतुरता को इस खुलेपन से व्यक्त नहीं किया था, इसलिए उसका बेटा उसे जल्दी ही यह ख़बर देगा, कि वे लोग अनय और अपूर्वा के साथ फलाँ तारीख़ को आ रहे हैं।

चन्दना और मि. बैनर्जी को लौटे कई दिन हो गए थे और ऐसा पहली बार हुआ था कि अभिजित और सुनन्दा का राजी-ख़ुशी तक का फ़ोन नहीं आया था, और न ही चन्दना को किसी भी तरह उनकी लाइन मिल रही थी! ऐसे में एक माँ के दिल में तरह-तरह की दु:शंकाओं का उपजना स्वाभाविक है। चन्दना की छटपटाहट बढ़ती जा रही थी, पर बूढ़े एवं बीमार पति को लेकर या छोड़कर जाना भी सम्भव नहीं था। विचारों के 'उलझाड़' में फँसी वह सोच नहीं पा रही थी कि करे तो क्या करे! चिन्ता के मारे उसका खाना-पीना, नींद आदि भी ग़ायब हो गए थे। जब उसका धीरज एकदम छूट चला, तो लाचार होकर उसने अपनी अमेरिकावासी चचेरी ननद की मिन्नत की कि वह इस 'वीकेंड' में अभिजित के यहाँ जाकर उसकी खोज-ख़बर ले, क्योंकि वह ज़रूर ही किसी बड़ी विपदा में फँस गया है।

चन्दना शत प्रतिशत आश्वस्त थी कि यदि सब ठीक-ठाक निकला तो श्रीलेखा अभिजित को बीवी-बच्चों समेत यहाँ भेजकर ही मानेंगी। यह कल्पना कर कि विदेश में रहे हुए बेटा-बहू और पोता-पोती के लिए इतने आरामदायक सरंजाम किए जाएँ कि वे विदेश लौटना ही भूल जाएँ! उसने अपना जादवपुर वाला फ़्लैट बेच दिया और उन पैसों से साल्ट लेक वाले बँगले में तीन नए कमरे और आद्योपान्त नया 'इंटीरियर' करवाना शुरू कर दिया।

प्रो. चन्दना रिटायर हो चुकी थी, इसलिए वह अपना अधिक से अधिक समय उस घर को सजाने में लगाने लगी। वह उसमें इस क़दर रम गई थी कि उसने अपनी सितार कक्षाएँ भी बन्द कर दीं और केवल अपने जिगर के टुकड़ों के आने की प्रतीक्षा में राह तकने लगी। मि. बैनर्जी जब कभी उसे समझाना चाहते, तो वह उन्हें यह कहकर झटक देती, "आपका दिल ठहरा सख़्त-दिल, जिसमें प्रेम और भावुकता की एक बूँद तक नहीं है, पर मैं माँ हूँ, माँ! जिसका हृदय ही नहीं, प्रत्येक शिरा और ख़ून का हर क़तरा तक प्रेम से छलक रहा है। मि. बैनर्जी, आप मुझे न ही टोकें तो अच्छा है, क्योंकि मेरा पक्का विश्वास है कि अभिजित सपरिवार इस सप्ताहान्त तक आ ही जाएगा।"

लेकिन शायद व्यावहारिक पिता मि. बैनर्जी सही थे और एक भावुक माँ ग़लत। क्योंकि एक क्या, कई सप्ताहान्त गुज़र गए पर न श्रीलेखा का कोई जवाब आया और न ही अभिजित से कोई सम्पर्क सध पाया। चन्दना घायल हिरणी-सी रात-दिन छटपट करती हुई, उस भूत बँगले के चक्कर काटती रहती, पर कौवा उसकी मुँड़ेर पर नहीं ही बैठा।

इसी बीच मि. बैनर्जी ने बीमारी और उम्र से छीजे हुए शरीर की साँस की डोर को कुछ दिनों तक तो बेटे के लिए खींचे रखा, पर अन्ततः उन्होंने हार मान ली।

अभिजित का फ़ोन न केवल क़रीबियों को, बल्कि दूरदराज़ के रिश्तेदारों तक को भी 'नो रिप्लाई' ही मिलता रहा। कई दिनों बाद जब किसी तरह चन्दना के देवर का श्रीलेखा से सम्पर्क हुआ, तो उसने कहा, "दादा! आमि कि कोरते पारी? (भाई! मैं क्या कर सकती हूँ?) मैंने अभिजित को पहले भी बहुत समझाया था और बाद में भी उसे 'बोड़ दा' की मृत्यु की ख़बर देते हुए कई तरीक़ों से कहा कि उसे कम से कम एक बार तो घर जाना ही चाहिए। मेरे भी अमेरिकावासी होने के कारण मेरी दलीलों को सिरे से नकार पाना तो उसके वश में नहीं था, इसलिए उसने सीधे 'ना' न कहकर अपने नाकारापन का इज़हार इस तरह किया, 'पीशी (बुआ)! तुम्हीं बताओ, अब जाने से क्या लाभ है? वैसे भी 'अशौच' का पालन तो मैं कर नहीं पाऊँगा, क्योंकि मेरी यहाँ पर एक के बाद एक बड़ी 'कॉन्फ्रेंसें' हैं। पीशी प्लीज़! आप माँ को मीठे शब्दों में समझा दीजिए ना कि वहाँ जाने से अभिजित का भविष्य पूरी तरह ख़त्म हो जाएगा। क्या वे चाहेंगी कि मैं यहाँ का वैभव और ऐशो-आराम ठुकराकर कंगाल बन जाऊँ? पीशी! आप माँ को यह समझाइए कि अब वे यहाँ आ जाएँ, ताकि उनकी पढ़ाई-लिखाई का कुछ लाभ उनके पोता-पोती को भी मिले और हमारा किचन भी उनके बनाए पकवानों से महके'।"

अभिजित की कटूक्तियों को बहुत घुमा-फिराकर कहने के बावजूद देवर का कहा चन्दना के मर्मस्थल के बीचोबीच तीर-सा जा चुभा और वह पत्थर होकर एकटक शून्य में देखने लगी। उसकी आँखें बिना पलक

झपकाए पूरी तरह स्थिर थीं और उसे अनायास देखने पर लगता था जैसे वहाँ 'मैडम टूसाड' का बना कोई पुतला रखा है।

उस असीम शून्यता के कुछ क्षणों के बाद जिस चन्दना ने पति की मृत्यु पर साहस, धीरज और सौम्यता का उदाहरणीय उदाहरण पेश किया था, वही प्रो. चन्दना ज़मीन पर सिर पटककर ऐसा क्रन्दन करने लगी कि वहाँ की हवा क्या, दीवारें तक थरथराने लगीं। रिश्तेदारों की पकड़ से पागलों की तरह ख़ुद को छुड़ाकर वह कभी लॉन, कभी बरामदे और कभी छत पर जाती हुई नज़र आती और उसके आस-पास खड़ा उसका सारा कुनबा इस चिन्ता में सहमा रहता कि कहीं वह छत से छलाँग न लगा दे।

अन्त में, चन्दना के पड़ोसी डॉक्टर गांगुली ने बड़ी मुश्किल से उसे 'कॉम्पोज़' का एक इंजेक्शन लगाया और हम सबने राहत की साँस लेकर उसे धीरे से बिस्तर पर लिटा दिया।

चन्दना के अत्यधिक भले स्वभाव के कारण हम सभी उस पर जान छिड़कते थे, इसलिए उसकी ड्यूटी के लिए ढेरों लोग लाइन लगाए खड़े थे। दो दिन तक एक-एक कर हम लोग चौबीसों घंटे, उसके सिरहाने बैठे रहे। शुक्र ख़ुदा का कि तीसरे दिन जब उसने आँखें खोलीं, तो वह पूर्णत: शान्त थी। उसकी स्थिर गम्भीरता को देखकर हमें विश्वास हो गया था कि हमारी पुरानी सखा चन्दना लौट आई है।

समय पानी की तरह बहने लगा और चन्दना वापस हमारी महफ़िलों की शान बनी हमारी शामों को महकाने लगी। हाँ! इन दिनों उसकी परिचय लिस्ट में एक नाम डॉ. मुजीब का भी जुड़ गया था, जो उसी यूनिवर्सिटी के वाइस-चांसलर पद से रिटायर हुए थे; जिसमें चन्दना, मृदुला, इन्द्राणी, रूमा, रूबी और मैं विभिन्न विषयों के विभागाध्यक्ष रह चुके थे। यदि मुझसे यह प्रश्न पूछा जाता कि तुम्हारी ज़िन्दगी का सबसे शरीफ़ इनसान कौन है? तो मैं तत्क्षण उत्तर देती : डॉ. मुजीब और मेरा ख़याल है कि कमोबेश यही उत्तर मेरे सभी सहकर्मी बन्धुओं का भी होता। उनकी शराफ़त की इन्तिहा यह थी कि हमें हर वक़्त ऐसा लगता कि बस अभी ही उनकी नाक की अनी से उनकी शराफ़त चू पड़ेगी। अरबी बाप

और इतालवी माँ के मिश्रण से बना उनका रूप ऐसा था कि सौ-सौ यूसुफ़ों, डेविडों और कामदेवों को उस उन पर वारा जा सकता था। कहना नहीं होगा कि यूनिवर्सिटी की सारी स्त्रियाँ उनसे बेहिसाब मोहब्बत करती थीं और सारे पुरुष एहसासे-कमतरी के मारे बेहद नफ़रत।

इन दिनों जब उसी शख़्सियत का नाम चन्दना की ज़ुबाँ से अक्सर निकलने लगा, तो हम लोगों ने उसे अपने प्रश्नों से बींधने की कोशिश की। उत्तर में चन्दना ने हमारा मज़ा लेते हुए हँसकर कहा, "यारो, जलो मत! हमारी कोई ख़ास रब्तो-ज़ब्त नहीं है। हाँ, चूँकि मुकुल (डॉ. मुजीब का पुकार नाम) मेरी ही तरह एकाकी और अपनी विदेश-प्रवासी सन्तानों के दिए ग़मों के कारण एक दुखी आत्मा होने के साथ ही मेरा निकटतम पड़ोसी भी है, इसलिए हमारे बीच एक दोस्ताना-समझ विकसित हो गई है। एक ही जगह रहने के कारण हम दोनों सुबह की सैर भी एक साथ कर लेते हैं और शाम को इकट्ठे ही क्लब आना-जाना कर लेते हैं।"

उसने यह बात इतनी सहजता से कही कि न तो हमारा ध्यान इस ओर गया कि चन्दना अब डॉ. मुजीब को मुकुल कहकर सम्बोधित करती है और न ही इस ओर कि अब वह उन्हें आत्मीयता से तुम कहने लगी है। क्रमशः डॉ. मुजीब की बात हमारे ज़ेहन से ही निकल गई।

बीतते वक़्त के साथ उम्र अपनी थकान से हमें थका रही थी। पहले जो काम हम चुटकियों में कर लेते थे, वही अब घंटों में भी 'पार' नहीं पड़ता था। हालाँकि हम सभी सुबह घंटा भर तेज़ टहलते थे और शाम को एक घंटा तैरते भी थे, पर उम्र अपना दाँव खेल रही थी। दौड़कर सीढ़ी चढ़ती चन्दना भी अब घुटनों पर हाथ रखे धीरे-धीरे सीढ़ियाँ चढ़ती दिखती थी।

एक दिन अपने रोज़मर्रा के रूटीन के तहत लाइब्रेरी से किताबें लेने के बाद, मैं और चन्दना आराम से बैठे चाय पी रहे थे कि चन्दना ने मुझसे सलाह के स्वर में कहा, "ज़ारा! सोचती हूँ कि क्यों न मैं अपना बँगला बेचकर उन रुपयों की एफ.डी. करवा लूँ और ख़ुद मुकुल के बँगले में शिफ़्ट कर जाऊँ?

"डॉ. मुजीब के पास? क्या उनसे पूछ लिया है?"

"अरे बेवकूफ़! यह मेरा नहीं, उसी का प्रस्ताव है।"

"लेकिन चन्दना, तुम्हारे परिवारवाले ठहरे कट्टर सनातनी! क्या वे तुम्हें ऐसा करने देंगे? ऊपर से डॉ. मुजीब विधुर भी हैं, ऐसे में शायद तुम दोनों का साथ रहना शायद तुम्हारे बच्चों को भी अच्छा न लगे!"

मेरी बात सुनते ही चन्दना ने व्यंग्य से कहा, "ज़ारा! कौन-सा परिवार? किसके बच्चे? ज़रा सोचकर बताओ कि मि. बैनर्जी के गुज़र जाने के बाद के इन सात सालों में कब किसने मेरे लिए घड़ी भर भी सोचा है? उस भुतहा घर में अकेली सड़ती हुई यदि मैं भी अपनी प्राचार्या मिसेज़ परेरा की तरह पाँच दिनों तक चूहों से खाई गई एक बदबूदार लाश बनी पड़ी रही तो भी क्या किसी को मेरी सुध आएगी? रही बात हिन्दू-मुसलमान और स्त्री-पुरुष की! तो ज़ारा, लानत है हमारी पढ़ाई-लिखाई पर, जो उम्र के इस पायदान पर खड़े हम ऐसे व्यर्थ के सोच को पनाह दे रहे हैं। ज़ारा, सच मानो, तुम्हारे मन में ऐसे विचारों का आना ही मेरे लिए कल्पनातीत है।"

चन्दना और डॉ. मुजीब को अच्छे दोस्तों की तरह साथ रहते हुए कुछ ही अरसा बीता था कि दोनों की 'वे सन्तानें' जो अपनी माँ के इन्तकाल और पिता की मृत्यु पर भी नहीं आई थीं, बावेला मचाते हुए आ धमकीं और लगीं चन्दना और डॉ. मुजीब को बेइन्तिहा कोसने। उन लोगों ने उच्छृंखल, व्यभिचारी से शुरू कर क्या-क्या लांछन अपने माँ-बाप पर नहीं लगाए? पर आश्चर्यजनक ढंग से वे दोनों शान्त भाव से उनकी गालियों के भंडार के चुकने का इन्तज़ार करते रहे।

अनाप-शनाप बकझक करने के बाद जब वे लोग साँस लेने के लिए थोड़ा रुके, तो चन्दना और मुकुल दोनों आहिस्ता से उठकर भीतर गए और उन्होंने अपना 'मैरिज सर्टिफिकेट' लाकर उनके सामने रख दिया।

आज चन्दना ने मन ही मन मुकुल की दूरदर्शिता को धन्यवाद दिया कि उसने ज़िद करके इस दोस्ती को एक क़ानूनी शक्ल दे दी थी। पहले तो वे सब स्तब्ध होकर आँखें फाड़े उस काग़ज़ को उलटते-पलटते रहे, फिर दोनों तरफ़ से एक ही जुमला उछला, "तो क्या माँ आपने!...क्या

पापा आपने!...अपनी सारी ज़ायदाद और रुपया-पैसा एक-दूसरे के नाम कर दिया है?''

सारे प्रश्नकर्ताओं को इस प्रश्न का जो उत्तर मिला, वह यों था, ''हमें किसी के नाम कुछ भी करने की आवश्यकता नहीं है। हमारी ज़रूरियात इतनी कम हैं कि अपनी मोटी पेंशन से हम मज़े में अपनी गुज़रकर लेते हैं।''

यह सुनते ही दोनों परिवारों के चेहरे फूल-से खिल गए और सम्मिलित स्वर में उन लोगों ने पूछा, ''आपकी वसीयत?''

उत्तर डॉ. मुजीब का, ''वह भी बना दी है। चन्दना! ज़रा इन्हें वसीयत पढ़कर सुना दो।''

दोनों परिवार टकटकी बाँधे, 'उस माँ' और 'उस बाप' की ओर आशा से देख रहे थे, जो हक़ीक़त में उनके लिए 'मर' चुके थे।

वसीयत, ''मैं मुजीब! मैं चन्दना! उस अल्लाहताला, भगवान को हाज़िर-नाज़िर मानकर यह घोषित करते हैं कि हममें से किसी एक के न रहने पर दूसरा उसकी सारी सम्पत्ति का मालिक होगा, और यदि इत्तफ़ाक़ से हम दोनों एक साथ मर जाएँ, तो हमारी पूँजी में से दस-दस लाख रुपए रामतनु और हाराधन को मिलेंगे, जो कि वर्षों से हमारी सेवा कर रहे हैं और हमारी बाक़ी की सारी चल-अचल सम्पत्ति 'वरिष्ठ नागरिक केन्द्र' के 'श्रद्धालयों' के निर्माण में चली जाएगी। हम आशा करते हैं हमारे बच्चों को हमारे ये निर्णय उचित लगेंगे, क्योंकि उन 'निर्वासितों' ने ही हमें अपने जीवन से 'निर्वासित कर', हमारे ज्ञान-चक्षु खोले हैं।''

वसीयत का पढ़ना ख़त्म हुए देर हो चली थी, पर अभी भी वहाँ गहरा सन्नाटा छाया हुआ था।...बाहर से आई वे सारी मूर्तियाँ ऐसी अचल थीं, गोया 'पोम्पई' के लावे ने यहाँ तक आकर रवाँ-दवाँ में ही उन सबको पथराए हुए मुजस्समों में बदल दिया हो!...

सच का आईना...

हम बचपन से ही जमादारिन मंगली की अँगुली थामे हिलती-झूमती ललिता को अपने दूसरे हाथ की अँगुली से कभी नाक, तो कभी कान, तो कभी चोटी को मरोड़ते हुए पिछवाड़े की सीढ़ी चढ़ते देखते थे। छुट्टी के दिनों में किशोरों की तैराकी-प्रशिक्षण कक्षाएँ दोपहर में होती थीं, उस समय पता नहीं कहाँ से यह 'छुटकी' अचानक हमारी आँखों के सामने नमूदार हो जाती और बरामदे के एक कोने में अपनी माँ के साथ खाना खाते ही चुटकियों में ग़ायब हो जाती। हम सारे बच्चे इस हैरत में पड़े रहते कि आख़िर यह लड़की भूत की तरह ग़ायब कहाँ हो जाती है? इस कौतूहल के साथ ही हमें उसकी आँखों की चमक भी बहुत अच्छी लगती थी, पर जब कभी हम उसे पकड़कर उससे कुछ बात करना या उसका गाल मचोड़ना चाहते, तो वह हमारी गिरफ़्त से यों छूट भागती, जैसे बिल्ली का छोटा बच्चा।

उसकी लुका-छिपी के कारण उसके लिए हमारी आतुरता सातवें आसमान को छू रही थी, पर वह बन्दी किसी भी तरह हमारी पकड़ाई में नहीं आती थी। तंग आकर हमने एक दिन मंगली को घेरकर कहा, "मासी! तुम्हारा और तुम्हारी बेटी का नाम क्या है? और जब तुम सारे दिन यहीं सफ़ाई करती रहती हो, तो तुम्हारी बेटी कहाँ ग़ायब हो जाती है?"

हमारे बालसुलभ प्रश्नों से मंगली के चेहरे का रंग उड़ गया, पर हमारी प्रश्नातुर आँखों का जवाब देना भी ज़रूरी था, इसलिए उसने गला खखारकर अपने को सम्हाला और बात को घुमा-फिराकर हमें यह उत्तर दिया, "बेबी, हमरा नाम मंगली है और ओकरा नाम है ललिता।"

"मंगली? यह कैसा नाम है?" प्रश्न मेरा।

"हाँ बेबी, हम मंगल के रोज पैदा हुए थे ना, ओ ही खातिर! माँ हमरा नाम मंगली धर दी।"

"और तुम्हारी बेटी का नाम ललिता किसने रखा?"

"हमरे एके बेटी होने के कारन, हमरा आदमी बड़ा मोहब्बत से उसका ई नाम रखा है।"

मंगली की बातों की भूल-भुलैया में हम उस वक़्त अपना असली प्रश्न भूल गए थे। कई दिनों बाद जब हमें पता चला कि क्लब के प्यून को अपनी बच्ची साथ लाने के जुर्म में अनुशासन-भंग का नोटिस देकर निकाल दिया गया है, तब लगा कि हमारे उस 'भूलने' ने हमें एक बड़े पाप से बचा लिया था।

समय तेज़ गति से आगे बढ़ रहा था, और उसके साथ चलते हम सब भी, स्कूल, कॉलेज, यूनिवर्सिटी, लन्दन, यू.एस. आदि से बड़ी-बड़ी डिग्रियाँ हासिल कर, ऊँचे-ऊँचे ओहदों की शोभा बढ़ाने लगे थे। लेकिन अपनी-अपनी दुनिया में व्यस्त होते हुए भी हमारा ग्रुप रोज़ शाम को, तैराकी के बाद, पूल के बरामदे में बैठकर चाय के प्यालों पर गप्पें ज़रूर मारता था। सारे दिन की उठा-पटक के बाद हमारा यह 'बैठका' हमारे लिए एक 'कैथारसिस' (भावशान्ति) का काम करता था और हम सब वापस तरोताज़ा हो जाते थे।

ऐसी ही एक शाम को 'छिन्ऽऽऽ-छिन्ऽऽऽ, टिन्ऽऽऽ-टिन्ऽऽऽ' 'कंकन किंकनि नुपूर-ध्वनि' सा संगीत हम सबके कानों में बजा, जिसे सुनते ही गायिका माधवी बोल पड़ी, "वाह! आज तो यहाँ जौनपुरी राग की सुन्दर बन्दिश 'पायल की झंकार बैरनिया' गूँज रही है।"

तभी, इस ध्वनि से खिंची हमारी आँखों ने एक अपूर्व दृश्य देखा : करोड़ों के इन्श्योरेंस पर पेरिस प्रदर्शनी से लौटकर आई 'दीदारगंज की यक्षी', म्यूज़ियम की जगह! भूल से हमारे सामने आकर खड़ी हो गई थी; देहयष्टि की तिरछी भंगिमा, बालिश्त भर कटि पर झूलती पतली-सी करधनी, पीठ के बीचोबीच रीढ़ के गड्ढे पर लटकती, खजूरी नमूने की काली मोटी झब्बेदार चोटी, वक्षस्थल और नितम्ब 'मिस इंडिया' की कसौटी पर कसे हुए और आँखें! माशा अल्लाह! ऐसी चमकदार और साफ़-शफ़्फ़ाफ़ कि बीच का काला कोया कौवे से भी काला लगे और आसपास की सफ़ेदी

ऐसी सफ़ेद कि चमकती चाँदी भी उसके सामने फीकी लगे। गेहुँए रंग में लुनाई का सँवलायापन लिये त्वचा ऐसी कि कालिदास की शकुन्तला का लावण्य भी उसके आगे पानी भरे।

जब अपने-अपने क्षेत्रों की दिग्गजा हम सब उस सौन्दर्य-मूर्ति को देख निर्वाक् थीं, तभी एक खनखनाती हँसी के साथ आवाज़ आई, "मेम साब! हम ललिता हैं, पहिचाने नाही का हमका?"

उसके चेहरे के भावों से पुरानी जान-पहचान की आत्मीयता झलक रही थी, इसलिए उसकी यह बात सुनते ही हमारे मुँह से बेसाख़्ता निकला, "क्या सच में! तुम वही मंगली की बेटी छुटकी हो? फ़ालतू बात!"

"हाँ मेम साब! क़सम से हम वो ही ललिता हैं। माँ का टिफ़िन दिए वास्ते आए हैं।"

इतना कहकर ललिता रानी शरीर को कभी दाएँ, तो कभी बाएँ मटकाती हुईं भीतर चली गईं, पर हम सब अचरज से उसी तरफ़ देखे जा रहे थे कि चैताली की यह टिप्पणी, "ओरे बाबा! शुआपोका थेकेई तो प्रोजापति होए, ए ते ओतो आश्चोर्ज्ज किशेर?" (अरे भई! कैटरपिलर से ही तो तितली बनती है, इसमें इतने अचरज की क्या बात है?) हमें वापस अपने वर्तमान में ले आई। हम लोगों ने अपनी झेंप मिटाने के लिए उसकी पीठ को ज़ोरों से थपककर कहा, "धन्यवाद ज्ञानी जी! धन्यवाद!"

पर शायद ललिता ने हमें चौंकाते रहने की क़सम खा ली थी। अचानक एक दिन वह ज़रदोज़ी के काम की लहँगा-साड़ी, कानों में बड़े-बड़े बुन्दे, चौड़े बिहारी सिन्दूर-भरी माँग पर अर्द्धचन्द्राकार टीका, नाक में लालड़ी लटकती बड़ी-सी नथ, हाथों में कोहनी तक का लाल चूड़ा, कमर में चौड़ी करधनी, पैरों में छोटे-छोटे घुँघरुओं की पाज़ेब पहने आई, हम सबके पैर छूने लगी।

उसके साथ खड़ी मंगली ने कहा, "आप लोगन का असीस से एकरा बियाह एक बहुतै जंटलमैन के साथ हुइ गवा है। है तो वो हमरी ही जात का, पर कोनो बड़ा कम्पनी में अफसर है। मेम साब! एकरा हम करमजली कहत रहिं, पर इ तो भागवन्ती निकली!"

जब हम लागों ने उसके हाथ में भेंटस्वरूप कुछ रुपए रखे, तो वह 'चिणक' कर पीछे हट गई और कहने लगी, "मेम साब! भगवान का दिया सब कुछ है, बस आप सब लोगन का असीस ही काफ़ी है।"

अन्त में मंगली के बहुत समझाने पर उसने हमारी भेंट स्वीकार तो कर ली, पर उसके एवज़ में हमें इतनी बार प्रणाम किया कि हम सब उसकी अत्यधिक विनम्रता के कारण संकोच से भर गए।

हमने मंगली से कहा, "मंगली! तुमने बेटी को बहुत अच्छे संस्कार दिए हैं, यह ज़रूर ही सुखी रहेगी, लेकिन 'बेमाता' क्या कभी किसी आशीर्वाद को तवज्जुह देती है?..."

समय ख़ुद के साथ हमें भी ख़र्च करता जा रहा था और हम युवावस्था की सीढ़ी पार कर प्रौढ़ावस्था की दहलीज़ पर आ खड़े हुए थे। तभी एक दिन पूल पर मंगली का ऐसा पैर फिसला कि उसकी कूल्हे की हड्डी टूट गई। कई ऑपरेशनों के बाद भी मंगली की हालत नहीं सुधरी और वह चल बसी।

हम सब मानकर बैठे थे कि ललिता के आने का तो सवाल ही नहीं है, इसलिए जब हमने फेंटा कसे, ज़ोरों से झाड़ू मारती ललिता को देखा, तो आश्चर्यचकित रह गए। ख़ुर्दबीनी करने पर पता चला कि उसके इश्क़बाज़ पति ने एक नहीं, कई ललिताओं का उपभोग करना शुरू कर दिया था और रंगीनी बढ़ाने के लिए हर वक़्त शराब में डूबा रहता था। ऑफ़िस से निकाल दिए जाने के बाद, एक दिन किसी 'लाल बत्तीवाली' गली में सिर के बल गिर जाने के कारण उसे फ़ालिज़ भी मार गया है। इतना ही नहीं, उसने ललिता के सिर पर एक सोलह वर्ष के बेटे को पालने का बोझ भी डाल दिया है।

"हैं! सोलह वर्ष का बेटा? पर यह तो वैसी की वैसी कच्ची कली-सी कुमारी लग रही है! आख़िर यह इतना रस, इतनी प्राणवायु कौन सी धरती और आकाश से खींचती है, जिसका पता हमें नहीं है?" और उस दिन हमारी महफ़िल की चर्चित नायिका ललिता देवी ही रहीं।

हमारी आशा के विपरीत ललिता सफ़ाई का काम अपनी माँ से सौ गुना बेहतर करती थी। ऊपर से वह ख़ुद भी इतनी साफ़-सुथरी और

सजी-सँवरी रहती थी कि हमारे बीच उसकी उपस्थिति बिलकुल 'ओपरी' नहीं लगती थी।

कुछेक साल बाद अचानक एक दिन जब ललिता की छाती कूटकर रोते हुए दहाड़ों की आवाज़ आई, तो हमारी नियमित तैराक-मंडली सनाका खा गई, और हम सब पानी से निकलकर उसे घेरकर खड़े हो गए। उसका रोना मन्द्र, मध्यम की तो वक़त ही क्या! तार सप्तक के भी सबसे ऊँचे पर्दे को छूता हुआ हमारे उस डेढ़ सौ वर्ष पुराने खँडहर क्लब की दीवारों को हिला रहा था। ललिता का ऐसा बुरा हाल देख झरना ने आगे बढ़कर जब उसे दर्शन-शास्त्र के हवाले से थोड़ी दिलासा देने की कोशिश की, तो उस इकहरी देहधारी ललिता ने उसे ऐसा झटका दिया कि वह बेचारी गिरते-गिरते बची। उसके पड़पड़ाए ओठ, सूजी लाल आँखें और थरथराता शरीर उसके जिस दर्द को अभिव्यक्त कर रहे थे, उसकी पूरी जानकारी हमें ललिता की अन्तरंग सखी पूर्णिमा आया ने दी। उसने बताया, ''मेम साहब! थोड़ी देर पहले ही, इसके सोलह साल के इकलौते लड़के का भारी एक्सीडेंट हो गया है, और उसकी हालत अब-तब है; इसीलिए यह इतनी बेहाल हो रही है।''

इसी बीच हमारे ही दल की कमअक़्ल उर्मि ने उसके सिर पर सान्त्वना भरा हाथ फेरते हुए कह दिया, ''लोलिता! हमको आच्छा से याद है कि दो-चार बरस आगे तुमरा हसबैंड का भी हालत भोत खराब हुआ था, पर तब तो तुम ऐसा माफिक 'अपसेट' नेई हुआ था भाई!''

उर्मि के वाक्य के बीच में ही ललिता ने एक चीत्कार के साथ कहा, ''मेम साब! वो हमरा 'भतार' रहा। पर ई? ई तो हमरे पेट का जाया, हमरे खून-मास से बना, हमरे कलेजा का टुकड़ा है। मेम साब! सच कहत हैं, जदि ओकरा कछु होइ गवा त, हम एही पोखरा में डूब के मर जाइब।''

इतना कहकर, वह फिर उसी तरह छाती पर दोहत्थड़ मारती हुई बिलखने लगी।

सच तो यह है कि आज की इस दर्दनाक घटना को परे सरकाकर यदि हम ईमानदारी से ललिता के विषय में बात करें, तो हक़ीक़त यह है

कि हम सब ललिता को उसकी पीठ पीछे व्यंग्य से 'छम्मकछल्लो' कहकर सम्बोधित करते थे। वैसे इसकी कुछ वजहें भी थीं : पहली तो यह कि उसकी लुनाई लिये मक्खन-सी त्वचा! दूसरी, 'ए वन फ़िगर' पर उसका चटका-मटका! तीसरी, चेहरे और देह पर अनाप-शनाप सजावटें! और चौथी, गोटा-लम्पी लगी ऐसी-ऐसी ज़री की साड़ियाँ कि हम पैसेवाली बंगालनें भी उन्हें पहनने को तरसें। हम सब अक्सर चाय की मेज़ पर 'मुंड में मुंड' मिलाए यह ज़िक्र करतीं कि यह बन्दी आख़िर इतना सब जुगाड़ती कैसे है?' कभी-कभार तो हममें से एकाध आगे बढ़कर उससे पूछ भी लेती, "अरे ललिता! तेरी साड़ी तो बड़ी सुन्दर है, कितने में लाई?"

तो वह बेधड़क उत्तर देती, "पाँच सौ! आठ सौ! डेढ़ हज़ार।"

उसके फेंककर दिए गए इन जवाबों से, हम सब बिना सोचे-विचारे, तुरन्त इस नतीजे पर पहुँच जाते कि पूर्व, पश्चिम, उत्तर, दक्षिण सभी दिशाओं में जन-जन को बहलाती और रिझाती यह देवी! ज़रूर ही क्लब के कुछ आगे जाकर फलाँ अँधेरी गली की मोड़ पर खड़ी हो जाती होगी, जहाँ गाड़ीवान मालिक या ड्राइवर, दोनों में से कोई न कोई इसे गाड़ी में बैठाकर, तन की रस-तृप्ति हो जाने के बाद, इसे रुपए पकड़ा देते होंगे।

इन क़यासों की पृष्ठभूमि के बावजूद हम उसके व्यवहार और काम के कायल थे और इस संकट की घड़ी में उसकी मदद करना चाहते थे।

अभी हम उसके बालों और पीठ पर हाथ फेर ही रहे थे कि क्लब की एक बड़ी तैराक, डाक्टरनी शुभ्रा वहाँ आ गईं, और बिना पुरानी बातों की जानकारी के, उन्होंने उर्मि के भावों वाली बात को ही कुछ शालीनता से दोहरा दिया। अब क्या था! ललिता घायल नागिन-सी छटपटाकर उठी, और अपने दोनों हाथों को झटक-झटककर, अपने चंडी रूप में रौद्र-काली का अवतरण कराती हुई, ऐसे 'बोल' बोली जो हम लोगों के लिए डूब मरने लायक ग़लत थे।

ललिता उवाच, "हम सब जानित हैं, आप सब हमरे बारे में का-का सोचत हैं, और हमको, वो से कोनो परेसानी भी ना है। हमरा भतार जब कमाइत रहा तब भी दारू अउर रंडी के चक्कर में रहा, अउर अब तो ऊ